El regreso del mar

Antología

María Luisa Erreguerena Albaitero

El regreso del mar antología de cuentos

© María Luisa Erreguerena Albaitero 2022

Diseño, formación, portada y apoyo técnico Miguel Barquera Medina

Impreso y hecho en México

Contenido

El regreso del mar

Me decían que más allá de la ciudad está el mar, pero yo no podía asegurarlo porque nunca había llegado hasta ahí. Podía imaginarlo; el mar se abriría para dejar salir a los primeros náufragos, a los últimos los devoraría con calma. Los sobrevivientes andarían por la playa con miradas de vidrio buscando profecías. Sólo ayer me permití a mí misma llegar hasta allá; después de que las palabras rompieron la burbuja.

Mi padre se fue cuando éramos unas niñas. Mi madre, tal vez en una triste venganza, murió al poco tiempo. Entonces, mi hermana y yo nos dimos a la tarea de construir ese refugio que terminó por ser prisión; lejos de blasfemias y gritos, creando un clima de paraíso sin pecado original, sin magia ni ensueños que limaran barrotes.

De entonces data la promesa de cuidarnos mutuamente, hasta ayer, en que ella me avisó que se iba. Una furia verde se levantó contra el idilio, los cascabeles de una víbora idiota sonrieron impacientes.

Pero, en el camino mi enojo se sentó a descansar y la promesa espolvoreada de mariposas lo hizo caer convertido en polvo.

Cuando salí de la casa fue cuando sentí el deseo. Era un día eclipsado con viejos terrores de noche y, sin embargo, tomé el autobús que anunciaba un malecón preñado de horizontes.

Escuché el clamor del mar antes de verlo; el recuerdo de su música, las campanas de los ángeles muertos, los astros perdidos en busca de los barcos.

En el atardecer se levantó un viento frío y antes de llegar frente a él, entré a una cafetería para tomar un poco de audacia que me diera calor. Un hombre de tez negra me miró con insistencia.

—¿Viene sola la niña?

Tuve que salir de ahí, no quería tener que explicarle que, precisamente, ese día dejaba atrás la infancia. Caminé hasta el malecón y resultó un muro grande de piedra que construyó la ciudad para protegerse del mar. ¿Cuántas princesas habrá robado el mar para que la ciudad se proteja de esta manera? ¿Cuántos esclavos negros habrán sacrificado su fe ante las aves de rapiña? ¿Cuántas estrellas habrán sucumbido al horizonte?

En el malecón la brisa se paseaba como un oso envenenado que huye y yo con paso inseguro, en su compañía, adiviné quien soy yo, sin ella; esa hermana sombra del deseo y de los sueños y al saberlo sucedió el milagro: me convertí en pájaro detenido en una roca en espera de víctimas que ofrecer a los dioses y en montaña habitante de la playa y en ocaso que tiene prisionero al sol. Me supe ciega que viaja hacia el cielo tanteando los astros y sendero que serpentea entre el polvo de los caminantes y la mujer presa de los días.

El mar blanco y oscuro golpeaba la puerta de las rocas, la arena se fingía red para apresar la espuma. El universo acumulaba secretos en su profundidad. Un desorden de demonios imprudentes convertía en senderos los misterios más oscuros, en forma de mar en calma, marea creciente, luna menguante, espectros aparecidos con la luz, todavía, del sol. Los refugios de los sortilegios permanecían escondidos y, sin embargo, yo sabía que estaban ahí.

La tarde junto al mar parecía el entierro de un ataúd blanco con algo mío no sabía qué. En el autobús de regreso me quedé dormida, no recuerdo haber soñado; tal vez soñé que conocía el mar.

Mi hermana esperaba en la terraza y la tierra se levantó del Diluvio con algún muerto suspirando con esperanza.

—Dicen que marca los destinos —dijo ella.

Un poco de lluvia

La señora Basandi no escribía, de haberlo hecho hubiera escrito algo como: "Todavía podría creer en una historia de amor". Por supuesto no lo hizo porque no escribía y menos pensamientos así.

La verdad es que su vida estaba lejos de las historias de amor. Vivía con su marido hace algunos años y desde que su hijo decidió independizarse ni siquiera sentía que los uniera como había sido cuando era niño. Desde luego ella pensaba que quería a su marido, aunque no como antes.

Por las mañanas trabajaba en un despacho de abogados y a veces iba a los domicilios a entregar algún aviso. Normalmente eran buenas noticias y la gente se limitaba a ser amable con ella. Otras se mostraban irritados por alguna tardanza y ella solía sentirse culpable, aunque sabía que no era responsable de la fecha de entrega.

Sucedió una mañana en que había llovido desde temprano y antes de pasar a la oficina tuvo que ir a entregar un documento. Las calles estaban mojadas y lamentó no haberse puesto zapatos cerrados porque estaría todo el día con los pies mojados.

La dirección que buscaba resultó una casa desteñida en medio de un pequeño jardín. Un anuncio avisaba que, en lugar del timbre, debía tocar una campana. Así lo hizo y apareció un hombre no demasiado joven que la invitó a pasar.

Caminaron por una vereda rodeada de flores.

—Se ven un poco tristes —comentó— por la lluvia de esta mañana.

El hombre se detuvo un momento.

—No es algo grave, —les habló a las flores— es solo un poco de agua.

La señora Basandi aunque de naturaleza cordial se sintió irritada porque tenía prisa de llegar a la oficina y además consideró que aquel hombre parecía un poco loco al hablar con las flores.

Pero respiró profundo mientras veía la espalda de viejo inclinarse para acercarse a las plantas más pequeñas. Entonces pensó que si el hombre se diera vuelta y le dejara ver una sonrisa decidida ella podría entenderlo aunque nunca había visto que alguien hablara con las plantas.

Y el hombre se volvió a mirarla y estaba sonriendo.

—¿Tiene usted plantas?

—No —contestó ella.

—Si me permite le regalo una.

Puede ser que cuando una mujer recibe una flor ella termine por sentirse bien, ver el mundo de otro color.

Así que la señora Basandi entregó el recibo de pago y al salir el hombre puso en una maceta un poco de tierra con una planta que tenía una hermosa flor y ella se la llevó sin saber muy bien qué cuidados había que darle.

Al verse en la calle pensó que en realidad no estaba tan apurada por llegar a la oficina así que regresó a su casa y se cambió de zapatos y dejó aquella flor en un lugar en donde le diera sol y la puso a un lado del balcón. Desde ese día siguió el ejemplo del hombre de la casa desteñida y adquirió la costumbre de hablarle como si fuera su amiga y tal vez sentir que la comprendía.

El señor Basandi se sorprendió un poco con aquella flor porque su esposa nunca había cultivado plantas. Pero le gustaba verla sonreír mientras cuidaba de ella.

—Es como nosotros —le dijo un día— tiene algo de flor silvestre.

Ella rio porque le pareció absurdo que él dijera aquello.

—Todavía podría creer en una historia de amor —le dijo a su planta al día siguiente.

La flor pareció temblar, tal vez por un aire suave que entró por la ventana y la mujer miró, pensó que aquella tarde llovería.

—No te preocupes —le sonrió— es solo un poco de lluvia.

Las sirenas de San Juan

Para María Luisa Ibarra,
la joven sirena que sabe

La abuela nos invitó a pasar el fin de semana en unas cabañas cerca de San Juan. El viernes en la tarde llegamos sus quince nietas, tres hijas y dos bisnietas. Ella nos recibió con su sonrisa afable y la broma de que aquello parecía un aquelarre por ser todas mujeres.

En cuanto nos sentamos alrededor de la mesa para cenar se escucharon los inevitables chistes acerca de los hombres.

—¿Por qué los hombres no pueden decir por un oído me entra y por el otro me sale?

—Porque el sonido no se propaga en el vacío.

—¿Por qué los hombres no padecen la enfermedad de las vacas locas?

—Porque es una enfermedad que afecta el cerebro.

—¿Qué hace un hombre cuando se vuelve impotente sexual?

—Empieza a usar el cerebro.

La abuela, aunque sonreía, parecía considerar —con toda sensatez— que si la reunión estuviera conformada por representantes del sexo masculino los chistes serían los mismos, sólo que cambiando la palabra hombres por la de mujeres.

Después llegaron las historias tristes; desamores, olvidos postergados y fragmentos de ilusiones rotas. Todas, aunque contadas por diferentes voces, parecían la misma.

— Yo creí que me encontraba con mi príncipe azul y al paso del tiempo me di cuenta de que mi hermoso príncipe se había convertido en un sapo: insensible, feo, exigente, brusco, maleducado... y aunque los adjetivos seguían, la abuela escuchaba sin dar prueba de que la aburriera volver a oír una historia mil veces contada.

—Pero ¿qué sería la vida sin ellos?

Preguntó alguien cuando la abuela trajo a la mesa varios pollos fritos con sus papas que con sólo verlos a todas nos puso de buen humor.

Mi tía, que ya iba por el cuarto matrimonio, contó una truculenta historia de un hombre al que había conocido, había amado y había abandonado porque no le hacían gracia sus malos chistes.

Mi mamá insistió en que aquello no parecía motivo suficiente para separarse de un hombre.

Con el café, tal vez para variar, como tema de conversación se habló de otras cosas: guerras, secuestros, crisis económicas, desempleo. Algunas veían el futuro siglo XXI como invivible, todo acabaría en desastre.

Cuando nos levantamos de la mesa ya era de noche. El cielo parecía no terminar de convencerse de que su color debía ser el negro, porque guardaba un azul insistente, totalmente fuera de lugar.

—Vayamos a nadar —propuso alguien—, y a casi todas nos pareció bien. Hubo las protestas que tampoco podían faltar. Pero las mamás ya se habían tomado más de un tequila y fuimos a la laguna.

La noche era cálida. Aunque llevábamos linternas la luz de la luna dibujaba sobre nuestras siluetas una sombra de hechizo, como si fuera abril.

En la laguna el agua nos recibió con su sonora sonrisa y nadie tuvo miedo de la luz de las estrellas que salpicaba el agua, como recordando una fiesta.

Las mamás inventaron canciones que parecían milenarias y las hijas bailamos algún baile aprendido en diez mil amaneceres no recordados.

Regresamos mojadas. El agua se pegaba a nuestros cuerpos en gotas sensuales que no dejaban de reír.

La abuela con las mamás siguió hablando mucho rato en la terraza. Iniciaron nuevamente con los chistes.

—¿En qué se parecen un cepillo de dientes y un hombre?

—En que sin pasta no sirven para nada.

Las bisnietas ya dormían y mis primas y yo fuimos a cambiarnos de ropa. Tenía sueño y a mi pesar compartía una cabaña con dos primas que no estaban dispuestas a desperdiciar la noche durmiendo.

Mientras nos cambiábamos de ropa, en el cristal de la ventana escuchamos unos golpecitos. Era el novio de mi prima mayor.

—Las vi en la laguna —dijo a modo de saludo—, eran unas hermosas sirenas con sus cantos seductores.

Después se besaron y cayeron, como fulminados, sobre la cama. Mi otra prima y yo apenas tuvimos tiempo de salir de la cabaña porque ninguna de las dos queríamos presenciar una relación sexual.

Nos miramos sin saber qué hacer. Yo tenía sueño y los mosquitos pronosticaban una noche no muy agradable al aire libre.

Por suerte apareció la abuela, tenía la mirada tan llenita de ayeres que no le cabían preguntas. Debió comprender porque dijo:

—Pueden dormir en mi cabaña.

Nos pareció bien.

Me entretuve pensando que mientras hubiera mujeres que se convirtieran en sirenas cualquier noche de luna, no había que preocuparse del siglo XXI; mientras hubiera sirenas y hombres dispuestos a enamorarlas el futuro sería por lo menos prometedor.

—Amigo —le dije a alguien imaginario, la presencia masculina era inminente— si oyes a las sirenas cantándose unas a otras escúchalas, porque quizás cantan para ti.

Mi prima sin duda pensaba en otra cosa, porque hizo una pregunta inesperada.

—¿Es pecado que un hombre y una mujer estén juntos?

—No —respondió la abuela—, el pecado es que estén solos.

Un poco de alma

Mi madre siempre ha creído que los seres humanos son buenos porque tienen alma, sobre todo, si son sus familiares. A mí me parece un error; tengo parientes verdaderamente desalmados. Está, por ejemplo, mi tío Alejandro, que es un golpeador incapaz de sentir el menor remordimiento por nada de lo que haga, y da golpizas y cosas peores que le quitarían el sueño a otro cualquiera, o mi tía Marcela que regentea un prostíbulo con menores de edad, refinado y bien puesto, como debe ser, dice ella. De que hay personas desalmadas en mi familia, me di cuenta desde muy joven, pero no le dije nada a mi mamá, por aquello de no romperle el corazón. Iba a comer con frecuencia a casa de otra tía, porque mi abuela se dedicó a parir trece hijas, y yo tengo muchas tías. Mi tía era amable conmigo y, su marido, el tío Anselmo, me miraba como si yo fuera una jugosa fruta por la que se le hacía agua la boca. Yo no decía nada mientras las cosas no pasaban de ahí. Pero un día el tío me dijo que en esa familia todos eran muy modernos y que yo, siendo tan joven, debía comprender los tiempos que corrían. La tía en cambio habló de los pobrecitos hombres que necesitan tanto a las mujeres y las mujeres de alma generosa podemos aliviar su necesidad. En esos días conocí a Juan de Dios, hasta su nombre me pareció anticuado. Viste de traje, corbata y sombrero de fieltro, además, como es guardaespaldas de alguien muy importante, siempre lleva pistola. Yo nunca había conocido a un hombre que usara sombreros y quise saber dónde podía comprarlos y cuando se lo pregunté, él se rio de mí y me invitó a conocer tiendas de sombreros, por allá, por Molinos, en el centro. Él los encarga a la medida y hablando de medidas mencionó que yo estaba hecha como para él y me propuso matrimonio. Me cumpliría, dijo, cualquier deseo. Una tarde tal vez aprovechando el tiempo, mi tía se esfumó después de comer y mi tío me tomó del brazo hasta lastimarme y me llevó a la recámara. Desvístete, ordenó, y yo le dije que no y él con su sonrisa, ¿no queremos que le pase algo a tu mamá?, ¿verdad? Él se desvistió y me arrancó la ropa y me empujó con violencia sobre la cama y se acostó sobre mí; gordo y pesado, me aplastaba, me asfixiaba. Se movía sobre mí, pero su miembro estaba fláccido y por más que se restregaba no se le ponía duro. Mientras mi tío se agitaba encima de mí, yo pensaba en los sombreros que había visto en el centro; en los escaparates. En que mi tío no parecía tener ni poquita alma, y si la tuviera, de todas formas, era un desperdicio en ese animal. Finalmente, mi tío se tendió junto a mí. Vístete, me dijo, y yo me vestí y entró mi tía; me di cuenta de que lo había visto todo. Lo consolaba y se quedaron ahí acariciándose. Al salir iba pensando en la manera de vengarme cuando me acordé de Juan de Dios y decidí casarme con él. Cuando él me lo volvió a pedir, me repitió que haría lo que fuera por mí. Me hubiera gustado contarle a mi mamá, pero cuando llegué a la casa ella me recibió con su delantal a cuadros; secándose las manos. Yo pensé que ella no es tan moderna como mis otros tíos. Como cuando algunos días después supimos que murió el tío Anselmo, de un balazo, a mi madre no se le ocurrió otra cosa que lamentarlo; tan buen hombre, dijo, su alma esté en la Gloria.

La flaquita

Casi me resignaba a que ningún hombre me deseara; desde joven era la simpática del grupo, la que todos buscaban como amiga, pero nadie como novia. Mis ochenta y cinco kilos me hicieron aceptar el hecho de que los hombres las prefieren flacas, y como está la moda, hasta esqueléticas.

Digo que casi me resignaba cuando conocí a Francisco; un tipo alto y moreno que me miró con ojos de deseo auténtico. Fuimos a un hotel; me acarició como nunca me habían acariciado, con aceptación y hasta fascinación de mi amplitud de cuerpo. Le encantaron mis muslos rebosantes, mis senos generosos y mi vientre abultado.

Desde entonces nos vemos con frecuencia. Es un buen cocinero y me prepara comidas deliciosas, llenas de carbohidratos y azucares que ninguna mujer esbelta se atrevería a probar.

—Hay flaquita —suele decirme después de un exceso de creatividad culinaria— qué haría yo sin ti.

De princesas y ladrones

De no ser por aquella noche, estoy segura de que yo hubiera llegado a ser una buena maestra.

La que había tomado la decisión de que yo me dedicara a la sagrada función del magisterio, mal pagado pero bien visto en una mujer, fue mi mamá. Yo tenía diecisiete años y como mis dos mejores amigas también irían a la normal, decidí que esa sería mi vida.

A las cinco de la mañana con una mica llena de papeles importantes, dos tortas y un refresco de lata, nuestros papás nos llevaron a la estación de autobuses.

Cuando llegamos a la Normal ya eran como las siete y había una larguísima fila de aspirantes a entrar. Nosotras nos formamos y esperamos noticias, que llegaron como dos horas después. Nos formaron en una fila a todos los que íbamos de otros estados. Éramos la mayoría.

Empezó a correr el rumor, como se escucha el caer de agua, desde lejos, de una cascada, primero suavemente y después con un ruido estremecedor. No había solicitudes para los de esa fila. Pero nosotras habíamos ido a esperar y seguimos esperando. Tratábamos de no pensar en la cara que pondrían nuestras optimistas madres cuando, de regreso, les dijéramos que ni siquiera teníamos la solicitud para el examen de admisión.

Así que seguimos esperando y nos comimos las tortas mientras alguien anunciaba:

—Que nos esperemos —decía— que al rato las reparten.

—Que seguro en la tarde.

—Que tal vez en la noche.

Y nosotras esperábamos.

—Que no hay fichas.

Algunos jóvenes se regresaron a sus casas. Pero nosotras no queríamos porque no podíamos ver a nuestras familias cuando regresáramos con esas noticias.

—Que mañana temprano —dijeron— que no se salgan de la fila, que no pierdan sus lugares.

Dos, nos quedamos guardando el lugar y una fue a hablar por teléfono para avisar en nuestras casas que al otro día darían las solicitudes.

En la noche se hizo un bonito ambiente, alguien llevó un tambo grande de café y lo repartió en tazas de plástico. Se hizo una fogata y había una cálida sensación de fiesta y fraternidad. Ya luego respetando la formación nos dormimos un rato.

Las tres amigas nos acurrucamos muy cerca una de la otra. Ahora que lo recuerdo pasó una mariposa negra como un presagio de lo que pasaría después.

En la madrugada, sin embargo, no hubo premonición posible. Nos vimos de pronto rodeados de policías.

No tuvimos tiempo de nada. Cargando el fardo demasiado pesado del sueño interrumpido, nos jalaron de los cabellos, nos golpearon con sus macanas, nos subieron a una camioneta donde asustados, apiñados y a oscuras nos encontramos unos a otros sin saber qué pasaba.

—Es un desalojo —dijo alguien— nos llevan al Palacio Municipal.

La camioneta se movió durante unos minutos luego cesó el movimiento.

—Llévenlos al "ce", en el "ele" ya no caben —ordenó un policía— los otros al "ese".

Así que mis dos amigas y yo fuimos a dar a un galerón que supimos se llamaba el "ce".

La luz provenía de un foco amarillo que colgaba en medio del lugar. No había donde sentarse. Pensé que antes aquello debió de ser un granero, porque, además, olía hierba que luego pude ver almacenada, como para pienso, en un rincón.

Una pequeña ventana, con barrotes permitía saber que era de noche y como una broma de mal gusto se había acomodado en el marco una flor Nomeolvides que parecía totalmente fuera de lugar.

Nos sentamos en el suelo, de tierra, más que otra cosa porque las piernas nos temblaban y porque no teníamos ningún motivo para permanecer de pie.

Yo nunca había estado en una cárcel y me imaginaba que las cárceles eran como las que salen en las películas, con un lugar para acostarse y un lavabo para cada preso.

Casi todos los que estaban en el galerón eran hombres. Nos miraron apenas los que estaban despiertos. Una rubia con vestido de chaquiras se nos acercó.

—Soy la Tapatía —nos dijo— no se asusten mis amorcitos.

A pesar de que la luz era mala, debajo de sus kilos de maquillaje, podía verse una barba cuidadosamente rasurada y su voz no dejaba ninguna duda de que debajo de su vestido rojo había un hombre.

Mis dos amigas, tal vez por lo asustadas que estaban, se durmieron. Yo también lo hubiera hecho si no es porque se abrió la puerta y entró un borracho que más que acostarse se cayó casi encima de mí del empujón que le dio el policía. Debía estar muy borracho porque quedó como inconsciente a mi lado con su mano extendida tocándome el pecho. Yo estaba paralizada de miedo, no me atrevía a moverme, no sabía qué hacer.

Un hombre con la piel casi negra de tan morena se acercó hasta donde yo estaba y me miró y quién sabe qué pensó porque se rio con un placer para mí inexplicable.

—Tapatía —dijo después con seriedad— llévate a este güey lejos de las niñas.

—No hay bronca —dijo la Tapatía— y arrastró al borracho hasta llevárselo a otro rincón.

El hombre me miraba y yo, fue entonces cuando tuve verdadero miedo y, miré a mis amigas que dormían y... aunque ahora me avergüenzo de lo cobarde que soy me eché a llorar. El hombre se sentó junto a mí.

—¿Por qué llora niña? —me preguntó con su voz grave.

No sé qué fue lo que me tranquilizó, que me hablara de usted o que me dijera niña, o el tono de su voz, o su mirada porque todavía me miró mientras yo me esforzaba por controlar mis sollozos.

—Tengo miedo —le dije al fin— no entiendo por qué estamos aquí. Nosotras sólo fuimos a la Normal por la ficha... porque queremos ser maestras. Tengo frío y... —todavía sollocé mientras conseguía el valor necesario para concluir— y... tengo que ir al baño.

El hombre volvió a reír.

—Bueno nada de eso parece tan grave. Al final del pasillo hay un baño. Vaya usted.

Miré el pasillo. Ya no llegaba la luz del único foco.

—No me atrevo.

—Vamos princesa —se ofreció— yo la acompaño.

Su compañía no me parecía en absoluto tranquilizadora, pero yo sola no iría y necesitaba recorrer aquel pasillo.

Me levanté con lentitud. Él se puso a silbar. Cruzamos el pasillo como guiados por aquel silbido que se escuchaba todo el tiempo como una luz.

El baño estaba oscuro. El hombre abrió la puerta de una patada y me esperó a una distancia respetuosa sin dejar de silbar.

Regresamos por el mismo pasillo junto a mis amigas. El hombre se sentó cerca de mí.

—¿Cómo se llama? —le pregunté.

—Me dicen El Francés.

También en las películas había visto que en la cárcel la gente no dice su nombre así que no me extrañó su respuesta.

—No se preocupe —dijo el hombre como pensando en otra cosa— han traído a tantos muchachos que seguro mañana temprano los dejarán salir.

—No entiendo porque nos trajeron —pensé yo en voz alta.

—A saber —levantó los hombros El Francés— parece que en este país empieza a ser un crimen querer estudiar.

—Sí —asentí yo como si entendiera de qué hablaba.

—A mí me hubiera gustado ser maestro si tuviera algo que enseñar —volvió a reír como si la idea de estar frente a unos muchachos dando clase le hiciera mucha gracia.

Creo que por primera vez lo miré realmente. Debajo de su barba mal rasurada y un cabello despeinado había un hombre educado que parecía tan fuera de lugar como la Nomeolvides de la ventana.

—¿Viene mucho por aquí? —le pregunté antes de pensar que aquella era una pregunta inconveniente.

—Solo lo necesario —señaló amigable— dicen que soy un ladrón, en todo caso soy un buen ladrón como Jean Valjean.

—¿Como quién?

—El de Los miserables, la novela ¿no lo ha leído?

—No. Pobres estudiantes —se compadeció— me temo que los maestros son unos ignorantes.

—¿De qué trata? —pregunté yo por hablar de algo más interesante que de la ignorancia de los maestros.

"El Francés" me miró como si comprendiera. Pareció calcular que yo estaba demasiado asustada como para dormir y faltaba todavía un buen rato para que amaneciera.

—Es de un buen hombre que se hace ladrón, va a dar a la cárcel y...

Me contó muchas partes de la novela. Parecía sabérsela de memoria. Mientras yo escuchaba cerré los ojos y pude ver el verde de los campos y a la pequeña Cosette tomada de la mano de Jean Valjean.

Apenas entró la luz del día por la pequeña ventana la cárcel empezó a despertar. El pasillo no se veía ya tan oscuro y un policía entraba a ratos y sacaba a un hombre o a otro.

Mis amigas despertaron casi tan asustadas como el día anterior y El Francés les dio los buenos días ceremoniosamente.

Un policía nos hizo una seña y nos acompañó hasta la puerta. Les di las gracias a toda prisa al Francés y a la Tapatía.

Por el periódico nos enteramos de que algunos estudiantes habían tomado unas oficinas del gobierno y que la policía había llevado presos a los estudiantes que estaban frente a la Normal.

De regreso a mi casa, me encaré con mis papás y les dije que después de aquella experiencia había decidido no ser maestra. Mis amigas se fueron a otra ciudad y lograron llegar a ser maestras.

Yo me compré un ejemplar de Los Miserables y lo leí con la sensación de que era la historia de un viejo amigo. Después de leerlo decidí hacerme escritora, encontré que como ventaja de la escritura sobre la docencia el escritor no pretende enseñar nada porque como decía Jean Valjean, mi Jean Valjean, a mí me hubiera gustado ser maestra si tuviera algo que enseñar.

Buenos modales

Desde niña aprendí a ser un alma caritativa; a solidarizarme con la desgracia ajena. Por eso, tal vez, me acerqué a aquel hombre que se veía tan confundido. Concluí que era un ángel cuando sus anchas alas cayeron justo a su lado.

—¿Puedo ayudar?, —pregunté por mera cortesía.

Él me miro asustado. Yo temí que fuera una alucinación y lo invité a comer. Qué comen los ángeles, quise saber. Me contó que se llama Luzbel y que lo habían expulsado del cielo.

Se tomó varios tequilas y comenzó a cantar y a llamarme princesa. Fuimos a mi departamento, el pobre no tenía donde dormir, y terminamos tendidos uno encima del otro, riendo al recordar la caída de sus alas.

Cuando me dijo que se quedaría a vivir conmigo fue cuando me pregunté hasta dónde me llevaría mi mala educación.

Una tarde en el metro con la señora Palfrey

La señora Palfrey no siempre se llamó así. Primero le decían Victoria, cuando su mamá la acompañaba hasta la entrada de la estación para que ella fuera a la escuela del Sagrado Corazón con su uniforme azul marino y un cuello blanco que terminaba todas las tardes por parecerle inútil e incómodo. Y precisamente en eso pensaba al recorrer el túnel de entrada de la estación Copilco.

Después mientras esperaba en el andén a que llegara el tren recordó cuando le decían señorita Martínez. Abordaba el vagón exclusivo para damas con sus zapatos de tacón alto, su blusa amplia y su falda recta, llegaba a una oficina y hacía un trabajo del que casi no recordaba nada.

Fue solamente hasta que se casó con Tomás Palfrey que adquirió el extraño nombre de señora Palfrey; Tomás pertenecía a una familia inglesa. Lo único que conservaba de inglés era el nombre y las pecas en las mejillas. Por lo demás se preciaba de venir de buena familia.

La señora Palfrey se consideró afortunada porque encontró un asiento vacío donde pudo acomodarse para recordar sus tiempos de soltera. Tomás y Victoria se habían visto en la oficina, aunque no se habían hablado porque ella trabajaba en personal y él en ventas. Sin embargo, los dos coincidían a la hora de la salida en el andén del Metro. Antes de que Tomás se decidiera a invitarla a salir pasaron seis meses de conversaciones tímidas en un vagón más o menos repleto de gente indiscreta.

Los señores Palfrey no tuvieron hijos. Tomás era vendedor y difícilmente Victoria recordaba alguna cosa que él no hubiera vendido: aparatos electrodomésticos, coches, aspiradoras, casas y últimamente computadoras, que como él decía, a cualquiera que quisiera escucharlo, era el mercado del futuro.

La señora Palfrey se movió inquieta en su asiento como si hubiera alguna cosa en la que prefería no pensar. No estaba segura de en qué podía consistir esa dificultad: acababa de cumplir 29 años y no se sentía vieja, su esposo la llevaba a las cenas de la Compañía y todos le decían, gentilmente, como deben decirse esas cosas, lo bella que era, su esposo llegaba puntualmente de la oficina por lo que tampoco podía decir que estaba sola.

Sin embargo, deseaba cambiar algo; ese fluir, tal vez, de actos cotidianos que a veces se convertían en un raudal de urgencias que parecían ahogarla.

Al abrirse la puerta del vagón se subieron dos mujeres llevando a niños tomados de la mano y la señora Palfrey se entretuvo en mirarlos. Algunos adolescentes se empujaban unos a otros como si para animarse a convertirse en adultos necesitaran darse valor.

Asombrada, miraba la señora Palfrey. Todo le parecía igual y diferente de cuando ella iba a trabajar.

Se bajó en una estación y luego en otra. Se sentía embriagada de luz artificial, de la presencia de tanta gente, de escaleras eléctricas y de vagones con asientos de colores: verdes, naranjas, azules. Aquel torbellino de vida la dejaba perpleja. Se detuvo un momento para orientarse. Decidió regresar a su casa porque después de todo lo que tenía que hacer podía esperar.

La señora Palfrey llegó poco antes de las seis a la estación de Copilco, se sentó en una banca y reconoció en la luz ocre que pronto se haría de noche. Se entretuvo en ver a la gente salir del Metro como en bocanadas de entusiasmo de algún titán caprichoso.

Cerca de las seis descubrió a su marido entre las personas que salían del túnel iluminado. Se sintió decepcionada; esperaba ver a un hombre, quizás acompañado por una mujer, que despertara sus celos. Pero vio, en cambio, a un hombre cansado, que venía aburrido y que en lugar de celos apasionados movió en ella una ternura violenta. La señora Palfrey supo entonces que algo se estaba acabando, pero que quizás no era, todavía, demasiado tarde. Sintió un consuelo que le resultó difícil de explicar. Conservaba vestigios de sentido del humor y se preguntó si sería posible jugarse a sí misma una broma.

—Si tu pudieras cambiar de vida, ¿qué harías? —le preguntó al señor Palfrey.

Tomás la miró como si de pronto escuchara el caer de una cascada o como si una lluvia refrescara un mediodía candente.

—Me gustaría irme a una isla desierta y hacerte el amor.

La señora Palfrey respiró profundo sintió el volar de nuevos vientos como si hubiera descubierto por azar un trébol de cuatro hojas.

Los sueños refrescaron las sonrisas de los señores Palfrey era, quizás, todo lo que necesitaban encontrar.

Esperando un funeral

—Señora, hay un cadáver en la biblioteca.

Me repito estas palabras sin que nadie llegue a decirlas y sin que yo pueda recordar dónde las escuché

Me pongo un vestido negro, pero me queda demasiado ajustado y no quiero parecer la viuda alegre. Pruebo con un traje sastre, tampoco me gusta, me da un aspecto de severidad que me hace ver mayor. Finalmente, me quedo con falda y suéter negros y una blusa blanca.

Extiendo un poco de maquillaje en mi rostro haciendo círculos hasta que la piel adquiere un tono parejo. Me veo demasiado pálida, lo soluciono con un poco de rubor en las mejillas.

Los párpados los maquillo con sombra verde y mientras me pinto los labios, recuerdo esas palabras dichas por una mujer en una serie de televisión dedicada a Agatha Christie.

Se trataba de un cadáver aparecido en una casa de ricos. La sirvienta decía esas palabras al abrir la cortina y dejar entrar sol en una habitación.

¿Por qué las repito en mi interior como el sonsonete de una melodía escuchada en alguna parte? Termino de arreglarme y veo el reloj. Todavía es temprano para salir. Me preparo un café y me siento en el sillón de la sala a tomarlo como si yo fuera mi propia invitada.

—Señora, hay un cadáver en la biblioteca.

En mi departamento no hay biblioteca y tampoco sirvienta que abra las cortinas para dejar entrar la luz del sol. Solo tiene algo de realidad lo del cadáver. El cadáver de mi exmarido espera, pacientemente, en una agencia funeraria, a que lo entierren.

Miro el reloj, será mejor llegar un poco más tarde. Primero debe aparecer Laura, luego los hijos y hasta el final yo.

Mi enojo con Miguel es sobre todo por su inoportuna muerte. De los doce años que estuvimos casados la noche que más recuerdo es en la que llegó oliendo a licor, prendió la luz y se sentó a la orilla de la cama: Tengo derecho a ser feliz, dijo como si eso explicara algo.

Al día siguiente lo vi salir del departamento cargando, junto con aquella felicidad, la promesa de que ni a mí ni a mis hijos nos faltaría nada. Poco después, cuando conocí a Laura, una mujer morena que ya llevaba a un hijo de Miguel en brazos, entendí que mi marido había pasado a ser mi exmarido y consideré necesario tener un trabajo con salario.

Mi cuñada me consiguió el empleo de inspectora. Un puesto poco codiciado por la escasa paga pero, divertido; algunas horas en la noche supervisando que los centros nocturnos cumplan con las normas de seguridad.

Miro el reloj, será mejor que me vaya. Pongo un disco. Me dieron el trabajo porque querían cambiar la imagen de los inspectores, en lugar de hombres corpulentos y prepotentes buscaron mujeres con apariencia de amas de casa que eran amables y a quienes no se les sobornaba con tanto descaro.

Los encargados de los establecimientos me trataban como a una dulce ancianita, aunque yo no había cumplido los treinta y cinco años. De esto yo era en parte responsable; dejé de usar el cabello recogido y cambié los vestidos anticuados por unos más a la moda. Quizá me trataban igual pero yo me sentía algunas décadas mejor.

Conocí a Misha, pensé que su nombre parecía más el de un gato que el de una inspectora de centro nocturno. Al principio íbamos juntas a las inspecciones: bares de homosexuales, espectáculos de desnudos femeninos y masculinos, prostitución no tan disimulada. Misha disfrutaba enormemente cuando yo me escandalizaba.

Nos hicimos amigas, ella me hablaba de sus hijos, de su exmarido y de sus amantes y yo correspondía hablándole de mis hijos y de mi exmarido.

Sin embargo, al tiempo yo dejé de hablar de Miguel, era un tema de conversación poco afortunado; se había casado con Laura y su vida resultaba tan predecible que aburría hablar de ella.

Mis hijos crecían y eran cada día más independientes. Ninguno de los dos quiso estudiar. Miguelito se fue a Estados Unidos con un amigo y yo me negué a preguntarme hasta dónde llegaba esa amistad. Raquel puso su departamento y anunció su deseo de ser pintora. Trabaja como diseñadora gráfica y, me temo, no quiere saber mucho de nosotros, sus padres.

Suena el teléfono. Está puesta la contestadora y no tengo deseos de hablar con nadie.

—Supe lo de tu ex —anuncia la voz de Enrique. —Me dijo Misha que hoy es el entierro. Llego a tu casa por la noche.

Sí, está bien que venga. Para entonces me quitaré la ropa negra, un color que no me queda bien. Me pondré un vestido rojo. Fueron demasiados años con Miguel. Mucho tiempo que se llenó de imágenes que no quiero mirar: la boda; él con su traje gris que nunca quiso volver a usar y yo con el blanco que acabó amarillento en un baúl; las de los embarazos, en que cada vez no vemos más apartados; la de la inauguración del departamento que siempre fue demasiado pequeño para nosotros; la de los viajes cada vez más frecuentes. La mediocridad vivida día a día a entera satisfacción.

Después, me quedé sola con los niños y me dediqué a darle vueltas a lo que había pasado. Tengo que admitirlo, viví con un recuerdo como con un cadáver en la biblioteca. ¿Por qué habré esperado tanto para llegar al funeral?

Tomo un sorbo de café y miro por la ventana. Después fue el tiempo de los niños; todo parecía tan difícil y fácil al mismo tiempo: escuelas, tareas, doctores, fiestas, gastos, discusiones.

Hasta que se fueron los muchachos y me quedé realmente sola fue que empecé a pensar en Enrique. No es que me lo propusiera, así sucedió.

Enrique y Misha son amigos. Entiendo que han escuchado tal cantidad de detalles de sus amores, que dejaron de creer casi en todo lo que se cuentan. Tal vez por eso yo me negué desde un principio a hablar con él de mi vida con Miguel.

Una noche me quedé sola y finalmente decidida a hacer un funeral para el cadáver de mi biblioteca. Quemé algunas cartas y fotografías. Después, me serví una copa de vino y brindé con mi propia imagen en el espejo por aquella tardía incineración.

La noche siguiente invité a Enrique a cenar. Terminé con él la botella de vino. Estuvimos hablando un largo rato. Tiene una exesposa de la que no puede esperar comprensión y una hija que, con razón o sin ella, le guarda rencor por su abandono. Un trabajo del que no quiere hablar y sueños más o menos insensatos que no le permiten morir; no todavía.

Para llegar a la recámara no necesitamos de promesas ni recuerdos compartidos. Sentí que el vino con el que habíamos brindado, de alguna manera, había sellado un pacto. Fue un despertar de la piel que me resultó un tanto inesperado. La sorpresa del encuentro con un árbol siempre un poco prohibido.

Como ha terminado de sonar el disco que había puesto, coloco otro. Miguel está muerto y ya no quiero seguir enojada con él. Murió en un estúpido accidente de tránsito, tan cotidiano como su propia vida. Espera, tal vez, que sus hijos, los míos y los de Laura le digan adiós y Laura llore y yo lo mire sin lágrimas, con la frialdad de la felicidad a la que él se sentía con derecho.

Pero por la noche llegará Enrique y me quitará el vestido rojo y nos acariciaremos y yo me preguntaré por qué la vida siempre tiene que ser tan puta; tan alegre, aunque la gente se muera o se quede sola, tan quitada de la pena de pagar con billetes falsos, con promesas que terminan por no valer.

Tan puta, pues, que no nada más se va con cualquiera, sino que, además, lo disfruta. Te promete un príncipe azul y te da un marido más o menos indiferente y disgustado, que algún día te habló de amor. Es que el amor es otra cosa, es tal vez un padrote que se contonea y que también es medio puto porque nunca cumple cabalmente a una mujer.

Sin embargo, llegará Enrique y nos besaremos y yo sabré que la vida y el amor no nada más son una puta y un padrote.

Se trata de algo más que eso. Es la piel de Enrique y su tibieza al abrazarme. Es la oscuridad de la caricia agazapada en el deseo y la luz que se desata en el encuentro. Es el olor del sonido del mar cuando se levantan tormentas a punto de estrellarse en un amanecer. Es la irrupción de su cuerpo en mi cuerpo. Somos nosotros que no nos prometemos nada y que, sin embargo, nos encontramos ahí. Esperanzados porque sabemos que ya no tenemos que perdonarle a la vida que sea una puta, o al amor que sea un padrote. Tengamos o no cuentas pendiente, ya nadie cobrará nada.

Termino de tomar el café. Veo el reloj. Ya es buena hora para llegar a la funeraria. Acompañaré a mis hijos al entierro de su padre. Es todo.

Apago el tocadiscos, vuelvo a escuchar el mensaje de la contestadora y aunque ya no es necesario porque han dejado de repetirse en mi interior, digo las palabras:

—Señora, hay un cadáver en la biblioteca.

De pesadilla

Estela tenía dos años desempleada. Sin embargo, por las noches dormía plácidamente. Fue a bolsas de trabajo, mandó currículum por internet, habló con conocidos y desconocidos. Finalmente le dieron trabajo en una fábrica.

Esa noche tuvo pesadillas: soñó que entraba a trabajar.

La apuesta

Querida prima:

Tú y yo no hemos podido hablar mucho desde que éramos niñas. Nos encontramos en bodas y funerales pero esas ocasiones no cuentan. De cualquier forma, ganaste la apuesta y yo te escribo porque soy buena perdedora; con detalles, como quedamos.

Este enredo se inició cuando yo era adolescente. Tú sabes que mi papá además de buena persona es demasiado convencional, por eso fue mamá quien me apoyó para estudiar.

Por sus discusiones supe que ambos esperaban demasiado de mí. Sin embargo, me esforcé en ser la hijita cariñosa de unos padres cariñosos, ser una niña buena para agradar a todos.

Estudié la carrera de química y mamá lo presumía a todas sus amigas y me convertí en una joven con buenos modales y bien vestida que llenaba de orgullo a mi papá.

Todo parecía ir bien hasta que cumplí 29 años y causé sin querer una crisis familiar. Mis papás se mantuvieron más o menos al margen, pero mis hermanas pensaron que llegaría soltera y virgen a los 30 y entraron en pánico.

Mi virginidad no me preocupaba; había dejado de ser virgen con Rodrigo, un compañero de la universidad. Cuando nos graduamos lo sustituí con otros amigos.

La soltería en cambio empezó a pesarme. Por esos días fui a una reunión de exalumnas de la preparatoria y la pregunta de ¿y tú no te has casado?, me hizo sentir como una solterona.

Ni siquiera me sentía sola, o tal vez sí. A veces me acordaba de Rodrigo o de otros amigos con quienes había compartido tiempo y cama, pero en cuanto empezaba a sentir la necesidad de alguien con cualquier pretexto me alejaba.

De todas formas, entre mis hermanas, mis excompañeras y yo misma, se creó una conspiración en contra de mi soltería.

A veces no podía evitar que alguna de las conspiradoras me presentara prospectos de novio: un testigo de Jehová que perdió toda esperanza de convertirme, un ecologista que se ponía verde cuando yo prendía un cigarro, un futbolero que me explicó con todo detalle el campeonato del año 2006.

No nada más ellos estaban fuera de lugar. Yo sentía la tentación de disculparme por mi licenciatura y por mi trabajo; por no soñar cada noche en ir al altar vestida de blanco.

Estaba a punto de aceptar la convivencia eterna con mi soltería cuando David, un compañero del trabajo me invitó a salir. Es un hombre muy bien parecido, culto y con sentido del humor.

Salimos la primera vez y la pasamos bien. Luego nos veíamos con frecuencia. Un día me invitó a comer a su casa y conocí a sus papás. Esa tarde me propuso matrimonio.

Cuando los supieron mis hermanas empezaron a hablar de trajes blancos y capillas llenas de flores y yo a sentir una inquietud creciente.

David me pidió esperar a después de la boda para tener relaciones sexuales y yo pensé que era un hombre particularmente convencional.

Con él adquirí ciertos modales: le arreglaba el nudo de la corbata antes de salir, en las reuniones le retiraba la copa de vino cuando había tomado demasiado; muy maternal. Él a su vez era paternal conmigo: se disgustaba si llevaba la falda demasiado corta, suavizaba, con tono de disculpa, mi atrevimiento de discutir de política.

El resultado era impecable, así lo demuestran las fotografías donde parecemos la pareja ideal.

Yo me pensaba enamorada, quizás sentía agradecimiento. Me parecía increíble que un hombre como él estuviera dispuesto a casarse conmigo, a ser mi cómplice para obligar a los demás a considerarme realmente exitosa.

Mi padre preparaba su frac y las palabras que diría en la boda. Mi madre y mis hermanas se mandaban a hacer vestidos y se empeñaban en organizar una boda perfecta. Yo miraba a David y lo sabía el mejor acompañante para la pasarela de la iglesia bajo las notas de la marcha nupcial.

A veces tenía la impresión de estar representando una obra de teatro, pero, siempre yo era la primera dama y eso me encantaba. Mis compañeras de trabajo me regalaban revistas sobre bodas, mis amigas hablaban conmigo en tono de complicidad y me daban consejos para la noche de bodas ¡hazme el favor!

Sin embargo, esa nueva vida no empezaba exactamente bajo buenos augurios: una tarde vino Rodrigo me esperó y terminamos en un hotel, no pude evitarlo, lo que sentía por él no se asemejaba en nada a lo que sentía por David.

Después fue complicado y divertido. Veía a David, salíamos tomados de la mano, hablábamos de la boda y nos separábamos con un casto beso. Salía con Rodrigo, no hablábamos del futuro y nos abrazábamos como si ahí estuviera la eternidad. Yo sabía que tendría que tomar una decisión; la dejaba para después. Con David suspiraba por tener una casa, tres hijos, un perro y un marido; con Rodrigo por viajar y divertirme, con conocer el mundo y, realmente, a los demás.

Pero las cosas se presentaron de una manera que yo no hubiera imaginado. Mis hermanas organizaron una fiesta de despedida de solteros en mi casa; invitaron a nuestros amigos de la universidad. Tuve un sobresalto cuando vi entrar a Rodrigo, pero él saludó a David con naturalidad y me tranquilicé.

Llegó mucha gente e inevitablemente se hicieron grupos separados: por un lado, mis hermanas con sus amigos; por otro David con sus compañeros y por último los químicos como nos decían en mi casa.

Ya en la madrugada Rodrigo insistió para encontrarnos a solas. David estaba ocupado con los suyos. Quedamos de vernos en mi recámara.

Mientras subía la escalera iba pensando dónde sería mejor estar con Rodrigo, si en el sofá de mi cuarto o en mi cama de soltera; me decidí por la cama, así sería una verdadera despedida.

Me desvestí y me metí en la cama para esperarlo, no debía tardar. Escuché susurros. Rodrigo se desvistió y se acostó junto a mí.

—Espera —le dije y prendí la luz.

En el sofá estaba David con un joven. Los cuatro, desnudos, nos miramos sin saber qué decir.

—¿Hacemos un mènage? —rio Rodrigo, conservando el sentido del humor.

Después de esa noche, cualquier persona sensata hubiera cancelado la boda, pero nosotros no. El show debía continuar. Nos casamos en la iglesia llena de flores y de invitados.

David y yo al principio buenos amigos, terminamos por odiarnos. Antes de tres meses la convivencia se hizo insoportable.

Por esos días decidí dejar de ser una niña buena: se acabó la hija perfecta, la noviecita de las fotos, la hermana complaciente. Anuncié a mi familia nuestro divorcio y también que viviría sola.

Si algún día me caso, lo que dudo, será por razones diferentes.

Reconozco ahora, querida prima, tu intuición. Recordé tu llegada para pasar unos días en la casa y tu tedio de esas largas conversaciones sobre si era mejor ir a San Antonio o encargar el vestido de novia; yo no podía evitar los bostezos y fui a prepararme café.

—Te apuesto a que no te casas con David —dijiste— si gano me escribirás una carta contándome con detalles los motivos de la cancelación; si pierdo, brindaremos porque eres una imbécil.

Yo hubiera discutido contigo pues de cualquier forma yo perdía, pero alguien llegó y no seguimos hablando.

De alguna forma ganaste porque no me casé, realmente, de otra, perdiste, porque me casé. No importa, de todas maneras, brindaremos porque soy una imbécil.

Aquí está, pues, la carta y con el brindis quedará saldada mi deuda.

Con cariño,

Rebeca

La quinta columna

Encontré trabajo como ayudante de investigador, en un archivo, haciendo registros de los documentos que llegaban. Un lugar oscuro que olía a amoniaco, nunca supe por qué; silencioso, húmedo, con sabor a salitre. Lo único que lo hacía agradable era una compañera con la que compartía oficina. Siempre le hablaba de Javier; un novio que había tenido y con el que había terminado poco tiempo antes. Si me hubiera dejado por otra mujer yo lo entendería, pero, se había ido a vivir a un áshram con un gurú, haciendo voto de castidad; hablaba lentamente de su fe, en tono bajo, como todos los de la secta.

Por la noche, mi papá me preguntaba por mi trabajo y yo le respondía que estaba bien. Él se limitaba a mirarme con tristeza, como si adivinara el engaño.

Compré pastillas para dormir porque pasaba las noches mirando las sombras. Culpaba a los demás de lo bueno y malo que me ocurría. Empecé a odiar. No quería morirme; sólo dormir. Claro que si ese sueño demoraba varios siglos no tenía inconveniente. Tomé una pastilla y seguía despierta, dos más y no conciliaba el sueño, finalmente, el contenido del frasco, completo.

Cuando desperté, estaba en un hospital, me hablaron de intento de suicidio y de lavado de estómago. El lugar no me pareció tan siniestro como yo esperaba. Claro que es un hospital para ricos, de lujo. Con un cuarto con su baño para cada paciente y muchos jardines.

Lo que más me disgustó fue el trato con otros pacientes; una manada de locos. Los días ahí siempre eran largos. A las once de la mañana cerraban mi habitación para que no me quedara acostada.

Sin embargo, en realidad, no deseaba salir del hospital: volver al archivo, contestar bien cuando papá me preguntaba del trabajo, extrañar a Javier, perderme en ese laberinto de sombras en que se habían convertido mis días.

Asistía a terapia de grupo. Ahora, en particular, recuerdo una sesión. Cuando llegué el salón estaba vacío. Los médicos tomaban café y olía bien, a los pacientes nos daban té, si lo pedíamos. Vi llegar a Thelma, una desagradable muchacha, flaca como esqueleto, que se quejaba de tener grasa en la cintura o las nalgas. Con mala intención, le ofrecí de las galletas que estaban junto al té. Se le llenaron los ojos de lágrimas y me dijo que no quería.

Rodrigo apareció después era un tipo simpático. Le calculé unos cuarenta años. En alguna ocasión contó por qué estaba ahí: por culpa de su cabello. Una historia algo extraña; cuando empezó a verse calvo, acumuló odio a las mujeres. Una cabellera abundante lo sacaba de sus casillas. Un día que su esposa se cepillaba el cabello, él la emprendió a golpes contra ella. Como yo llevaba el cabello recogido, lo solté deslizando el listón. No puedo evitarlo, me encanta lograr que los demás enfurezcan.

Dijo haber cambiado cuando, recientemente, descubrió su talento de escritor. Thelma lo miraba con adoración y yo, sentía náuseas al escuchar las cursilerías en que trabajaba.

Un rato después entró Mauro, un joven rubio, hijo de extranjeros, alcohólico, que nos hizo saber de sus largas temporadas internado en el hospital, como si eso le diera autoridad sobre nosotros. Le ofrecí del café para los médicos. Sabía que no se lo darían, aunque lo pidiera. Se pasaba el tiempo contando chistes y a mí me caía bien.

—¿Te sabes el chiste del escritor?, —me preguntó mirando de reojo a Rodrigo —un escritor sale a cenar con una chica y no deja de hablar de sí mismo. La muchacha no puede evitar algunos bostezos cuando él le dice: Ya hemos hablado mucho de mí, hablemos ahora de ti, ¿qué piensas de mi última novela?

Rodrigo dio un puñetazo en el brazo del sillón y yo festejé el chiste con exclamaciones.

A pesar de esto, ya en la sesión Rodrigo nos habló de la novela que estaba escribiendo: Un millonario se enamora de una muchacha pobre y bella, por sus diferencias sociales las familias se oponen al matrimonio. El imbécil de Rodrigo no podía adivinar cómo acabaría la historia.

—Ojalá tenga un final feliz —dijo Thelma con un suspiro de voz.

—¿Qué te parece? —preguntó Rodrigo dirigiéndose a mí.

—Es basura —contesté.

El doctor intervino para evitar que Rodrigo me golpeara y poco después terminó la sesión.

Por aquellos días mi padre me regaló una libreta para que yo escribiera. Como no tengo ambiciones literarias, la utilicé para hacer una lista, con los nombres de las personas a las que me gustaría poder asesinar. Solución que yo imaginaba con frecuencia en las madrugadas en que no podía dormir.

En la primera columna puse los nombres; en la segunda, la fecha de la que databa mi odio; en la tercera, el motivo, que siempre tenía la misma leyenda, por pendejo, aunque cambiara de género; en la cuarta, los motivos más detallados; y había una quinta columna que quedó vacía y en la que pretendía anotar un plan de acción para matar a cada uno.

Por supuesto estaban listados mis padres, mi madre por haber muerto y mi padre por empeñarse en no morirse, los doctores que me trataban, Javier, Rodrigo, Mauro, Thelma.

Pasaron tres semanas en las que yo borré, aumenté y volví a cambiar la primera, segunda y cuarta columna, hasta que me dieron de alta. Pude irme solo con la condición de que asistiría tres veces por semana a terapia, nunca, ni en el hospital ni después, hablé de aquella lista.

Cuando me vi fuera de la clínica nada fue como antes: mi lugar en el archivo ya lo ocupaba una persona y tuve que darme ánimo para buscar otro trabajo. Encontré algo en una oficina de turismo, también mal pagado pero al menos me gusta y me permite viajar.

Mi lugar en la casa lo ocupaba una mujer que se estrujó los dedos cuando me vio llegar; como si entrara, pensé, una loca recién llegada del manicomio. Me la presentó mi papá como su novia. Habían pensado que lo mejor sería que yo viviera por mi cuenta, en un departamento. Tuve que darles la razón.

En lugar de listas asesinas me dediqué las siguientes semanas a empacar y mudarme hasta que me vi instalada en un lugar que por primera vez sentía mío.

Javier siguió con su gurú, empeñado en iluminar con su conocimiento a los pobres mortales que tenemos la desgracia de cruzarnos con él. Así que me relacioné con un joven francés que no habla suficiente español para tratar de convencerme de nada más allá de lo inmediato; como practicar el sexo en posturas novedosas o asistir a una fiesta divertida.

Mi estancia en el hospital parecía haber pasado a la historia. Recibí, sin embargo, una llamada de Rodrigo invitándome a tomar un café. Supongo que pensé que sería agradable escuchar las nuevas tonterías que estaba escribiendo.

Llegué un poco tarde. Alrededor de una mesa de la cafetería estaban Mauro y Thelma, a ellos también les había llamado.

Rodrigo no tardó en aparecer, llevaba una pistola y la utilizó con un gesto idiota de héroe de película, al cruzar la puerta. Disparó, el muy pendejo, con tan mala puntería que ni siquiera nos mató. A mí una bala me dio en el hombro.

Una ráfaga de miedo me levantó de la silla. Me detuvo el olor a pan recién hecho y un sabor amargo me obligó a tragar saliva. Escuché el estampido de tres detonaciones.

—No lo hagas.

Rodrigo se llevó el arma a la boca; cayó lejos de mí. Me di cuenta, entonces, que en la alfombra una mancha roja, desentonaba. Mi mano derecha tocó el dolor y sentí la blusa mojada con un líquido pegajoso.

Dejé después de sentir miedo; caía aunque algunas voces se esforzaban en detenerme, sin embargo, la caída era vertiginosa.

Con todo, no estoy muerta; Rodrigo sí. Mauro y Thelma han venido a visitarme, pero no tenemos qué decirnos. Quizás algún día, más adelante, hablemos de nuestra estancia en el hospital o yo les explique la quinta columna.

En desventaja

Mariela siempre dijo que era la más fea del grupo. Por eso causó sorpresa que se casara con el más guapo. Causaba lástima porque era la más pobre de su familia y todos la trataban de ayudar; ella nunca se ofendía y señalaba, con ingenuidad, que prefería que la ayuda fuera en efectivo. Decía que no deseaba causar molestias, pero había que hacerle menú especial por sus achaques. No le gustaba llevarse con personas vulgares, aunque, anunciaba, que ella era una persona sencilla.

—Más jodida que yo, solo el diablo —se quejó alguna vez.

El amor de una madre

—Siempre quise darles lo mejor a los míos: a mi marido, desde luego, pero, sobre todo, a mi hijo; José Luis. Sin embargo, no sé si para mortificarme, ellos dos, discutían todo el tiempo. Una tarde en que yo escuchaba una pelea sentí que debía defender a mi hijo hasta de su propio padre. Para entretenerme, porque no quería pensar en eso, me puse a ver una revista. Me llamó la atención un artículo que hablaba de los venenos que se encuentran en cualquier hogar. Por la noche cociné un pastel. Mi marido alcanzó a comerlo antes de que tuviera un ataque cardiaco, que le produjo la muerte. Pensé que viviríamos tranquilos a partir de entonces, pero mi hijo nunca fue agradecido. Después del funeral, José Luis, me avisó que había decidido casarse.

—Yo que he hecho todo por ti —le dije, pero, lo pensé mejor y organicé un encuentro para conocer a la novia. La joven llegó, muy arregladita y con unas galletas como obsequio. Yo había preparado un pastel de chocolate que no le gustaba a mi hijo.

—Qué casualidad —dijo la novia al sentarse en la sala— yo también leo esta revista. Porque la edición de los venenos estaba en un estante. La muchacha y

yo tomamos café, pero mi hijo, tal vez por compromiso, comió galletas y pastel sin que pudiéramos evitarlo. Mi pobre José Luis, murió esa misma noche.

La vieja historia

Desde niña me decían que tenía un rostro celestial. Me elegían siempre como virgen para las pastorelas, por lo que todos terminaron por conocerme con el apodo de La Virgen. Tal vez por esto al llegar a la adolescencia entendí que debía tomar ciertas precauciones con mi novio: Espíritu Santo. Le permitía todas las caricias y abrazos excepto la penetración vaginal. Le explicaba, una y otra vez, que deseaba llegar virgen al día de mi boda. Me sorprendió una noche en que me avisó que se iba. Por el tono de la despedida adiviné que no lo volvería a ver.

Yo vivía con mis padres y un pariente lejano, homosexual reconocido, a quien le decía tío. José trabajaba en Relaciones Exteriores y su ambición era llegar a formar parte del cuerpo diplomático en Oriente. Destino que no había podido obtener por no cubrir con el requisito de ser casado.

José siempre tuvo una vida ordenada. Sin escándalo, lo visitaba con frecuencia, un doctor llamado Ángel Gabriel, al que por economía lo apodan El Ángel.

Empecé a sentir cierta indisposición en las mañanas y acudí al amigo de José; El doctor después de interrogarme me pidió algunas pruebas de laboratorio.

Una tarde El Ángel me anunció que tendría un hijo de Espíritu Santo.

—Pero yo soy virgen —insistí.

El doctor me explicó que en su experiencia clínica había presenciado más de uno de estos milagros.

—Serás virgen y madre —me aclaró

José llegó en medio de esta conversación y vio mi cara de asombro; propuso la solución de casarse conmigo y así ahorrarme el mal rato de dar explicaciones a mis padres.

Nos casamos y al poco tiempo José me avisó que habíamos sido destinados, como parte del cuerpo diplomático, a Belén.

En todo hemos podido ponernos de acuerdo, en lo único en que no voy a ceder, es en que el niño se llame Jesús.

Cristales rotos

Luna llena, rezaba el letrero de la cristalería. Pero ahora más que luna parecían confetis filosos, todos tirados en el piso.

La señora Kandinsky, madre del dueño, se estrujaba las manos con actitud de diva griega y contaba su tragedia: Su hijo estaba en la tienda, a oscuras, con una cliente cuando llegó su nuera con otro cliente y los cuatro, con las luces apagadas quisieron utilizar la cama de la trastienda, cuando alguno tuvo la mala idea de prender la luz, cada cónyuge descubrió que el del otro no era un cliente habitual. Entonces hubo patadas y puñetazos y las pobres lunas pasaron a ser fragmentos si acaso brillantes.

La señora Kandinsky no insistió mucho tiempo en su versión de tragedia, porque después de todo tuvo un final feliz: un divorcio, dos matrimonios y una nueva versión de cristalería que ahora lleva el nombre de la *Estrella fugaz*.

Heroína

Yo maté a mi abuela. La idea fue de ella, porque cuando supe que la enfermedad la llevaría a la muerte, decidió que yo, heroicamente, la ayudaría a morir. Así me lo dijo, utilizando la palabra "heroica". Quise saber por qué yo, y me dijo, tranquilamente, que era la única capaz de su familia, ya que sus tres hijos, incluido mi padre, eran unos buenos para nada, que terminarían pelando por la vieja casa que, desde luego, no pensaba heredarles.

La enfermedad era rara. La mujer terminaba en el hospital, entre terribles dolores, por unos cuantos días, y después pasaban semanas sin ninguna molestia.

Tuve que darle la razón, no tenía caso que muriera así. La primera noche que se internó en el hospital después de esa conversación le cambié la manguera de oxígeno por el bióxido de carbono; el tanque debió estar vacío porque al día siguiente mi abuela estaba igual, hasta más sonrosada y fuerte.

La noche siguiente conseguí cinco ampolletas de tranquilizantes y vacié su contenido en el suero. Pasó tres días dormida profundamente, pero al cuarto la dieron de alta.

Sin que sus hijos se enteraran, para evitar disgustos antes de tiempo, vendió su casa y con el dinero nos fuimos en un crucero. Cometió los excesos a su alcance: bebió el tequila que le fue posible, contrató a unos jóvenes musculosos y bronceados para que la acompañaran por la noche, comió hasta no poder más. Pero, para mi desesperación, seguía fresca como una lechuga.

Sin embrago, la víspera de nuestra llegada me acordé de su relegada diabetes. Ordené una charola enorme con merengues y cuando ella apareció, vestida como una reina en el elegante comedor, y vio aquel postre, sin que mediaran explicaciones, entendió.

Pidió jarabe de chocolate y mermelada de zarzamora. Un merengue tras otro lo fue aderezando con ternura y comiendo con deleite. Fue una muerte dulce.

Sus tres hijos vivieron en paz; sin herencia que repartir.

Del dicho al hecho

La hoguera de las vanidades, pensó Enriqueta cuando Cacho su novio le describió a la mujer de sus sueños: ojos verdes y cabello de color de trigo.

Enriqueta, morena, de ojos y cabello negros, lo escuchó en silencio y le habló de la amplia cultura que debería tener su príncipe azul. Él no había leído más allá de *Los tres mosqueteros*.

La culpa de lo que vino después la tuvo el vestido de Enriqueta. Un tirante se deslizó por su hombro y Cacho la tocó para ponerlo en su lugar. Terminaron besándose.

Cuando se despidieron no importaban ya ni ojos verdes, ni saber enciclopédico.

Cosas de adultos

La miré como si estuviera deschavetada.

—No entiendo —le dije, esperando que mis nueve años fueran suficientes para alejar a la estupidez

—Que de hoy en adelante —repitió— no me dirás mamá, sino Rosalinda.

Definitivamente, pensé; mamá se ha vuelto loca. Yo ya tenía mis dudas cuando la escuchaba gritar histéricamente sólo porque no me sentaba a desayunar o cuando se comportaba como si ocurriera un estallido nuclear sólo porque no me había lavado los dientes.

—Rosalinda —repetí en voz alta.

Tal vez debía de descartar que le gustara escuchar su nombre; era tan cursi que cualquiera lo hubiera odiado. Sin embargo, el ataque súbito de locura que padecía mi madre debía tener alguna causa, o estaba en sus días difíciles de la menopausia... y lo vi: era una causa más bien gorda, barbuda y que me miraba desde su sonrisa estúpida.

—Él es Gustavo —me presentó mamá.

Seguí jugando a la cuerda, si acaso me detuve unos quince segundos para pedirle a Dios que nunca creciera y para prometerme a mí misma no tener una

hija a la que decirle que me llamara por mi nombre.
No al menos por una causa como aquella.

Nuevos vientos

Para María Luisa, la pequeña
bruja buena.

Ya era de noche y Glenda y Fadette, dos niñas brujas, discutían en el jardín de la casa. Llegadas de regiones distantes se encontraban de visita y bajaban la voz para no molestar a Amira su anfitriona.

—Eres una malvada —afirmó Glenda. —Y tú en cambio has leído demasiados libros para niños. Terminarás por aparecer vestida de blanco con una varita mágica y diciendo alguna sandez como "soy tu hada madrina", ironizó Fadette.

En el jardín la hierba se encontraba tibia. Un viejo árbol reflejaba en sus hojas la luz como si estuviera despertando. En el aire se agolpaban olores a no-meolvides y a naranjos. La brisa se paseaba tomada del brazo con el canto de los grillos. Tal vez por esto las niñas sentían un sabor de menta como promesa de aventura. Deseaban creer que esa noche sería memorable.

Siempre se les permitía pasear por el campo. Dejaban sus jóvenes cuerpos de niñas sobre el carruaje de cuatro caballos negros y se convertían en el canto de un pájaro, se escondían en el agua de un pozo, en una flor o en un gato.

Habían llegado a entrar, mezcladas con los deseos de los niños a sus sentimientos. Pudieron ver a través de sus ojos, oler la canela de algo que se preparaba en la cocina, tocar otra piel con caricias furtivas o saborear helados y escuchar los acordes de música olvidados por ellos.

Esa noche irían a la fiesta de San José.

—Es hora —les avisó Amira desde el interior de la casa—. Ya se hacía tarde para el paseo de las brujas. El momento en que se alejan entre el leve frío de las cortinas al cerrarse, con el rumor del movimiento de alas de un pájaro que vuela.

Las dos niñas se acostaron en el carruaje, cerraron los ojos e invocaron algunas palabras mágicas.

—Tengan cuidado con los remolinos —dijo Amira cuando las sintió salir.

Cualquiera sabe que de entre los peligros de la noche, un remolino es el peor para las brujas. Si se llegan a perder en uno sería difícil no quedar apresadas en él hasta aburrirse y cansarse.

Se deslizaron hacia la ciudad cercana. En el campo se escuchó el croar de las ranas al saludarlas.

Muchas personas dormían y no supieron nada. Las que estaban despiertas sintieron un leve escalofrío, un vago presentimiento, el paso de las brujas.

Entraron como un halo tibio, montadas en un rayo de luz de plata.

Fadette se acomodó en el cuerpo de un jovencito que comía buñuelos con miel y Glenda entre los suspiros de una adolescente.

Fadette se empalagó pronto con el dulce pegado al paladar y de escuchar las advertencias de la madre.

—Si sigues comiendo así —repetía —mañana te dolerá el estómago.

La muchacha de Glenda en cambio solo deseaba ser besada por un joven. La bruja lo atrajo hacia ella y sin gran esfuerzo cumplió el deseo de la adolescente. Sintió los labios juntarse y el olor a vino.

—¿Cómo puede gustarles esto? —le preguntó a Fadette al reunirse en una nota musical.

El reloj marcaba unos minutos después de las doce. Fadette y Glenda se sintieron un poco aturdidas. Demasiadas personas se habían embriagado y sus sentimientos se volvían más confusos; con colores chillantes por encima de los grises.

La música estridente ocupaba todos los espacios cómodos para las brujas. Por suerte para ellas entró una mujer con sonrisa de gitana adivinadora, cantando por lo bajo una melodía.

Glenda y Fadette como si estuvieran de acuerdo se encontraron dentro de ella. Su interior era un bosque lleno de promesas.

La mujer se sentó en la terraza donde había menos ruido. Un hombre fue a su encuentro.

—Patricia -dijo, y ellas supieron el nombre de la mujer.

Guardaron silencio. —¿Te acuerdas de abril?

En el bosque se escuchó la música que Patricia repetía antes. El hombre canturreó la canción como si pudiera escucharla.

—Y del lago.

Un mar se cubrió de reflejos violetas sobre la superficie azul del agua.

Las niñas brujas se dirigieron al centro de un círculo con color brillante que parecía un deseo.

El hombre y la mujer se miraron y el bosque se llenó de canciones de sirenas y un barco se detuvo en medio de una tormenta solo con el pretexto de escucharlas.

Glenda y Fadette fueron de un lugar a otro, desconcertadas. Era incomprensible para ellas encontrarse en un bosque y en un mar al mismo tiempo.

El hombre y la mujer sonrieron como si supieran lo que sucedía. Hubo un escándalo de flores al cerrarse en el atardecer, de aroma de manzanas maduras, de dátiles tomados en un oasis.

Por alguna rendija invisible las niñas brujas tuvieron tiempo de salir.

—Vamos —urgió Glenda —viene un remolino.

Un ave negra aleteó débilmente. Las niñas se subieron en ella sintiendo el cansancio de una noche de marzo. Se acercaron a la casa de madera. En el cielo se adivinaba el próximo amanecer.

Amira venía por el sendero. Sus pies no tocaban el suelo y se quitaba los restos de viento frotándose las yemas de los dedos de una mano con la otra.

Las tres brujas subieron al carruaje de cuatro caballos negros y retomaron sus cuerpos de mujeres.

Amira, viéndolas tan niñas se preguntó si había hecho bien; hay ciertos actos humanos que las jóvenes brujas no deben presenciar, por eso había pastoreado un remolino hacia allí para indicarles la hora de regreso.

Mientras Amira trenzaba sus cabellos antes de dormir, Glenda le preguntó:

—¿Cuál es la diferencia entre una bruja mujer y una niña bruja?

Se escuchó entonces el croar de las ranas al despertar y un fuerte crujido de la madera de la casa al sentir la calidez de la mañana.

—¿Qué es eso que se escucha? —preguntó Fadette.

Glenda supo entonces lo que Amira no terminaría de contestarle.

La diferencia entre una bruja niña y una mujer es tan leve como el aroma del trébol al atardecer

—¿Qué es eso? —volvió a preguntar Fadette—¿crees que sea un remolino?

—No —contestó Amira con suavidad en la voz— son los nuevos vientos de la primavera.

Despedida inesperada

—Leticia —le avisó la Muerte— mañana a esta misma hora vendré por ti.

—Pero ¿por qué yo? —le preguntó ella— soy joven y estoy sana.

La Muerte movió la cabeza con un gesto de impaciencia.

—Siempre me preguntan lo mismo, por qué yo, y yo les hago pensar en por qué debía de ser otro —levantó los hombros en señal de indiferencia.

—En fin, querida niña, mañana vendrás conmigo, no importa a donde vayas ahí te encontraré. Nos veremos.

El hombre vestido de negro desapareció. Alguien se cruzó con Leticia y le dio los buenos días. La joven se sentó un momento, pálida; en una banca del corredor sintió sus manos sudando. Mañana vendré por ti, le había dicho la Muerte. Eso quería decir que le quedaban unas horas de vida. Pero ¿qué hacer? Decidió seguir con sus actividades de todos los días. No tenía familia, así que no había alguien de quien necesitara despedirse. Sus pertenencias eran unos cuantos libros y su ropa, así que no valía la pena repartirlos.

Pediatra, los niños le gustaban a ella y ella solía gustarles a los niños. Revisó a los pequeños, verificó órdenes puestas en los expedientes y con cada niño se

detuvo un momento para hablar. José Luis, un jovencito, ya demasiado tiempo hospitalizado, presentaba
signos de depresión. La doctora se fue a sentar junto
a su cama. José Luis la recibió huraño.

—¿Qué te gustaría ser de grande?

El muchachito se encogió de hombros.

—Me da lo mismo.

—¿Sabes a mí qué me hubiera gustado ser?,
cantante de rock —afirmó la mujer sintiéndose triste
de todo lo que no podría hacer.

—¿A usted? -preguntó incrédulo.

—Sí —enfatizó ella —me encantaría pintarme
el pelo de verde y cantar ante una multitud.

Movió la cabeza en señal de aprobación.

—A mí también me gustaría aprender a cantar
—le confesó— quiero aprender a tocar guitarra y Víctor prometió enseñarme.

Empezó a hablar después con atropello de los
grupos de rock que le gustaban.

Antes de que Leticia se fuera José Luis le dio
un apretón de manos especial, como se despide a un
colega o a un cómplice.

A eso de la una se encontró con Roberto, el
cirujano, tenía fama de Don Juan. La invitó a salir y
ella que nunca había aceptado sus invitaciones ese día
aceptó.

En realidad, pensó la doctora, que iba con él
porque no quería estar sola. Fueron a un restorán. Pi-
dieron vino, había música y una pequeña fuente que

daba idea de frescura. Roberto era un enamorado de sí mismo. Le encantaba escucharse. Habló de sus gustos, sus aficiones, sus aventuras. Leticia veía en la pequeña fuente un árbol de flores rojas que le recordó un grabado oriental.

Después de comer Roberto la invitó a tomar un café en su casa, pero ella pensó que si seguía escuchándolo iba a quedarse dormida y no deseaba desperdiciar su última tarde de esa manera.

Prefirió caminar hacia su departamento. Empezaba a oscurecer y la tarde se vestía de colores que la hicieron suspirar. No deseaba llegar. Decidió visitar a una amiga que vivía en su mismo edificio.

—Pasa —la recibió Silvia con una sonrisa. Era una mujer alegre. Su casa puesta con particular gusto recordaba el estudio de un artista. Había vivido en París. Con frecuencia hablaba de parques vestidos de naranja para esperar el atardecer y de un río azul gris que, decía Silvia, para vivir necesitaba de un suicida cada día.

Leticia suspiró al pensar en todos los lugares que jamás conocería. Ya había oscurecido del todo cuando Silvia vio su reloj.

—Discúlpame, otro día seguiremos la plática, pero ahora tengo que salir.

Leticia entendió que era necesario irse, sin demasiado entusiasmo se fue a su casa. Al abrir la puerta de su departamento se sobresaltó. Aquí me encontraré mañana con la muerte. Su vista se tropezó con su guitarra, recordó a José Luis y decidió regalársela.

Jaime vivía en el departamento de junto. Era amigo y también médico del hospital. Tomó la guitarra.

—Hola linda —la saludó él.

La invitó a pasar.

—¿Qué venías a traerme serenata? —bromeó cuando notó el instrumento.

—No —rio ella— venía a pedirte un favor. En el pabellón de escolares hay un niño, José Luis, mañana no iré al hospital y quiero que tú le lleves esta guitarra.

—Claro, se la llevaré con gusto —aceptó él.

—¿No estabas ocupado?

—No, estaba leyendo poesías, ¿quieres escucharlas?

Tomó un libro y empezó a leer: "Puedo escribir los versos más tristes esta noche, escribir por ejemplo..."

Se sintió cansada. De algún lugar salía un concierto de piano y la voz cálida de Jaime parecía acariciarla.

"Ya no te quiero es cierto, pero tal vez te quiero, es tan corto el amor y es tan largo el olvido".

Cerró los ojos y pensó que se iba a dormir.

Jaime dejó el libro y cubrió a Leticia con una manta. Se sentó junto a ella.

—Eres tan linda —dijo mientras le acariciaba el cabello —si quisieras quererme como te quiero a ti.

Fueron a la recámara. Se desvistieron mientras él decía: Una mariposa de sombra se ha posado en tu vientre.

Ella rio un poco.

—¿Eso lo dices tú?

—Lo digo yo ahora —le aclaró él— antes lo decía Neruda.

Hicieron el amor bajo el auspicio de un concierto de Beethoven y después se quedaron dormidos. Cuando Leticia despertó vio con sobresalto que apenas faltaban unos minutos para que el hombre vestido de negro la visitara. Se fue a su casa. Ahí deseaba esperarlo.

La Muerte fue puntual. Cuando la vio Leticia no tuvo miedo, sintió la certeza de que morirse no sería doloroso y de que rebelarse no serviría de nada.

—Estoy lista —anunció.

El viejo la miró con fijeza como si la traspasara. Después se levantó con lentitud, con un gesto de desaprobación.

—No vendrás.

—¿Pero cómo? —preguntó ella sorprendida.

La Muerte por primera y única vez sonrió.

—Vas a tener un hijo, querida niña —le aclaró— yo que venía por una vida no puedo llevarme dos.

Un relato

Esa tarde tenía algo de irrealidad; tal vez por el caer de la lluvia sobre los árboles y el musgo del bosque o tal vez porque el fuego de la chimenea derramaba su azul.

Mariana y yo decidimos salir a dar una vuelta cuando dejó de llover. Caminamos sobre un tramo de piedra y después sobre uno de tierra.

El arcoíris parecía más que un reflejo de agua en el cielo una ilustración de libro infantil: Un medio arco, con sus colores dibujados en una gama perfecta.

—¿Y cómo empezaste a escribir cuentos de fantasía? —le pregunté, a Mariana.

—Es una historia larga —quiso evadirse— te la contaré otro día.

—¿Por qué no ahora?, tenemos tiempo.

Suspiró como si no quisiera hablar y yo le sonreí para animarla.

—Trabajaba en una revista científica, un trabajo bastante aburrido. Una amiga me propuso hacer unos artículos de fantasía y me gustó la idea. Debía suceder todo en un mundo inventado.

Mariana se detuvo un momento y corto la hoja de un árbol. Empezó a moverla entre sus dedos y luego prosiguió.

—Intenté crear un mundo describiéndolo con los cinco sentidos. Me sentaba a escribir percibiendo sus olores, describiendo el sabor de sus comidas, la textura de sus vestidos, escuchando los sonidos de sus lugares y del lenguaje de su gente, mirando los colores con que teñía su sol amarillo.

Inventé un mundo bastante primitivo con el fin de que los personajes tuvieran suficientes matices en sus sentimientos y resultaran interesantes.

Empezó a caer una llovizna breve y se borró el arcoíris. Nos dimos vuelta para ir de regreso a la casa.

—Me propuse describir todos los detalles, después de trabajar por horas podía sentirlos, verlos, oírlos. Un día sin saber cómo me di cuenta de que yo misma estaba en ese mundo. No sé cómo sucedió, solo que yo estaba ahí.

Mariana se detuvo, dejó caer la hoja de entre sus dedos y cortó otra.

—Lamenté haber ideado un mundo tan poco civilizado.

La casa ya estaba cerca y Mariana suspiró como si no deseara interrumpir su relato.

—Empecé a escribir historias de mi mundo.

Llegamos a la casa y Mariana abrió la puerta para entrar, la detuve tomándola del brazo.

—¿Cómo fue que regresaste?

—Ese es el problema, hermanita, todavía estoy aquí, estamos aquí.

Ocho palabras

Desde lejos la casa parecía una mancha blanca entre el color dorado de la costa y el azul del cielo. Ya dentro la familia se encontraba, algunos fines de semana, con la humedad filtrada en las paredes como malos presagios, con olores tristes, con sabor a historias truncadas o mal nacidas.

La vimos llegar por el camino y mamá y yo salimos a recibirla. Cristina traía una maleta pequeña y demasiada tristeza cargando desde siglos atrás. Los niños la saludaron, hola tía Cristina y volvieron a sus juegos. Papá también la saludó. Debe haberle parecido más viejo porque comentó:

—Cómo ha envejecido —cuando nos encontramos antes de comer.

—Esta familia siempre me hace sentir en el Siglo XIX —comentó también— un patriarca y sus descendientes.

Los niños sin llegar a sentarse comían cerca de la mesa.

—Hacen alarde de los peores modales del Siglo XX —dije yo y Cristina después de mirarlos sonrió.

Papá se sentó en la cabecera y a su alrededor los demás. Mamá servía los platos, Rodrigo mi hermano decía que el de ese momento era un buen gobierno, mi padre que malo y yo que pésimo.

Cristina se entretuvo en ver el mar. De tan azul daba un tono de negro que tal vez la asustó. Escuchó el sonido de las olas en su estrellarse más o menos resignado en el acantilado. Quizás fue por eso que dijo algo, no recuerdo que, sobre el blanco de la espuma del mar.

Se veía la silueta de un barco. Tal vez, aunque no es seguro, ella se puso a soñar con lo que llamaba los mares del Sur. Ese sueño prehistórico del que a veces hablaba. De dejarlo todo, cambiarlo todo. Un lugar donde finalmente algo sería maravilloso. Algo importara realmente.

Creo recordar que después se quedó mirando a mamá.

—Será la última dama, en cierto sentido de la palabra, que conozcamos —había dicho meses antes.

Yo sabía a qué se refería. A sus años mamá guarda mucha armonía en sus facciones. Además, tiene ese don de hacer que todos a su alrededor se sientan bien. Que parezcamos tarde o temprano la constelación de una estrella, su constelación.

Cuando terminamos de comer Cristina invitó a los niños a dar una vuelta por la playa. Alguna vez me habló de que le hubiera gustado tener una hija. En ese paseo se entretuvo en consolarlos cuando se quejaban de que la arena les lastimaba los pies y en decirles que tuvieran cuidado entre las rocas.

A su regreso ya empezaba a oscurecer y ella se sentó en la terraza con los niños.

—Aquí se hace de noche temprano —dijo mamá como si los demás no lo supiéramos. No sintiéramos el augurio.

El mar se pintaba a ratos de rojo, se quejaba con furia o con lamentos de algo. Llegaba un perfume como de selva llena de manglares. Cristina contó a los niños la historia de un capitán de barco que pierde el rumbo. Yo podía sentir su temor frente al mar. Casi tocar su soledad. Nunca supe el final de la historia porque tuve que ayudar a mamá a preparar la cena.

Con los niños en sus cuartos los mayores cenamos y después, como siempre en esas noches, papá se puso a contar anécdotas de su vida. Cristina se entretuvo en mirar, como molesta, hacia el mar. Tal vez paladeó la opinión que papá tenía de ella.

—Piensa en mí como en una solterona o en una prostituta —me había dicho una vez.

Papá no estuvo de acuerdo en que Cristina viviera en su propio departamento unos tres años antes de aquel fin de semana. Le dijo cosas desagradables.

—Seguro eres la querida de alguno —recuerdo que le gritó.

—Pero papá —había intervenido yo— no seas victoriano, estamos casi en el año 2000.

En esos tres años Cristina se volvió más callada. Como que se contaba historias mentirosas o sagradas. La vi construir un templo destinado a algo oculto a los demás. Imponerse un sacerdote y un culto, perderse en ritos. Después sin que yo supiera qué sucedió, todo quedó en ruinas.

El recuerdo que tengo de Cristina por aquellos días es que suspiraba y decía quizás algo indigno de ella sobre la desolación.

Ya tarde nos quedamos en la terraza solo Cristina y yo. Me habló de su vida. Trabajaba entonces en una oficina. Me contó que se aburría. Que a veces en las mañanas no encontraba motivos para levantarse. Que se ahogaba de tedio. Me habló también de que se había distanciado de su amante. Me dio la impresión de que no le importaba, de que ya no le importaba.

—¿Cómo describirías tu vida con ocho palabras? —me preguntó sin venir a cuento.

—¿Por qué con ocho? —quise saber.
Dibujó sobre una servilleta de papel con el filo de un cuchillo un ocho vertical y luego horizontal estilizándolo hasta lograr un signo de infinito.

—Es el número de la eternidad —me aclaró.

Después nos fuimos a dormir. Esa noche soñé con un bosque donde había una fortaleza. Veía los altos muros sin puertas ni ventanas. Trataba yo de adivinar quién habitaba adentro.

Al día siguiente mamá fue quien encontró la nota, la puerta abierta y la ausencia de Cristina.

La nota contenía ocho palabras: Nunca llegué a conocer los mares del Sur.

La señorita del abrigo rojo

Todas las mañanas la ven llegar con su abrigo rojo (monotonía de historias individuales y monólogos). Se sienta en el escritorio y se maquilla con cierta intranquilidad de que llegue su jefe (la misma intranquilidad que tienen la lluvia al resbalar sobre secretos podridos). Mientras el compañero del escritorio de atrás cuenta cómo le fue con la gringa de ayer (todos saben que no hay gringa y sí en cambio largas conversaciones de mujeres inventadas para sobrevivir hasta las cinco y media, bajo la mirada del jefe y junto al montón de papeles que está siempre sobre el escritorio). Pero alguien se acerca a saludarla y dice saber que le dijeron a no sé quién que si sigue así lo van a correr.

Ve saltar bostezos sobre los escritorios y un poco de muerte real entre miradas más o menos indiscretas de unos a otros. Pasa el jefe de ventas, ¿qué pasó chulita, cuándo salimos? Se enfrenta, irremediable, a los papeles de encima del escritorio; largas listas de números y letras y nombres y algunas palabras y muchas historias sobre ella misma (caminando por una calle empedrada y un muchacho que se acerca; siempre te he buscado). Vuelve frente a la ventana (que no da a ningún lugar porque junto hay un edificio y no se ve más que un muro encerrado en la frustración casi sádica del arquitecto).

El pasillo sigue ahí, tranquilo, inalterable a pesar de que están envidias y rabias y deseos de que den las cinco y media y sonrisas que remedan sonrisas cuando llega Manuel (como si nunca hubiera pasado nada, tal vez piensa ella) y no la saluda, y no como cuando la esperaba a la salida para caminar por un Insurgentes asoleado (no nada más por luces amarillas) y una Zona Rosa que los llevó a un hotel elegante y algo mórbido (con esa duda vergonzosa de a esa yo me la cogí) de donde salieron sin que se hiciera noche del todo. Pero poco después él dejó de saludarla (como si esos reptiles que llaman saludos fueran muriéndose de pura nostalgia) y cuando su esposa vino a recogerlo, ella los vio (supo entonces que el tiempo había pasado, que quedó atrás el medievo con caballeros andantes y princesas custodiadas por dragones) y un poco por venganza se hizo novia de Daniel (por esas venganzas que escriben la historia y que nunca se escriben en las historias) y Daniel (buen muchacho dicen sus padres) es un montón de horas de visita en la sala de su casa.

Sabe que es la hora de comer porque Estela pasa con Luis y, (¿nos vamos?) y se va con ellos sin saber exactamente quiénes son, pero sí de qué hablarán (¿viste tal programa ayer en la noche?) y se encuentra con Daniel. Cuando lo ve, recuerda que tuvo un sueño: estaba en un desierto y se encontraba con él y al tratar de abrazarlo se convertía en arena, después ella lloraba. Daniel habla con Luis (sí, sí vio el programa) mientras la repetición se queda pegada a la grasa de las paredes formando una masa que de puro común es desagradable.

Mientras dan las cinco y media, otra vez frente a su escritorio ella saborea algunas palabras (que no existieron del todo) de cuando yo te quiero y en la tarde no va su jefe y puede leer sin que se den cuenta. Las cinco y media dan casi de mala gana y se cuelgan en el perchero en forma de un abrigo rojo y una bolsa, nos vemos mañana, y ya afuera no sabe bien por qué, quería salir (porque el cielo la moja con una capa dura y cortante que no cae sobre nadie más, solo sobre ella) y toma un pesero que la lleva a su casa (cueva de tesoros y ladrones, más de ladrones que de tesoros) y nena, ¿no vas por la leche? y sale sin estar segura de que su hermana (que camina junto a ella un trecho) va o no con el novio a no sé dónde.

La madre prepara la cena mientras ella pone la mesa y ven un programa en la televisión de un policía (muy guapo, muy simpático, muy tierno) y su madre antes de terminar de cenar se levanta a lavar los platos. Debían de ayudar a su mamá, dice el padre. Pero llega Daniel y se sientan en la sala y habla de su trabajo y a las diez (muy correcto dice la familia) se despide. En la puerta le da un beso. Sabe a arena, piensa ella, mientras se mete en la cama y apaga la luz. ¿Pero niña, en que, mundo vives, no ves que dejaste prendido el calentador?

El piso está frío cuando vuelve a pisarlo, va a la cocina y apaga la luz que le recuerda una historia de navidad. Regresa a su cama y antes de dormir piensa que mañana es miércoles y que el sábado tiene que lavar la estufa (empieza a soñar con desiertos) y que quiere hacerse un vestido y que cuando termine de pagarle el dentista a su hermana (ella no es egoísta) podrá comprarse un abrigo como el de Estela. Antes de dormir termina por sentir la arena bajo sus pies.

Blues en la madrugada

Seguro eran las dos de la mañana cuando Miroslava se colgó de una nota larga, que recordaba un quejido, y que logró por su tono despertar a todos. Patricia, una vecina, lo recuerda con exactitud porque se levantó a tapar a sus hijos y supo que era el frío de la madrugada, de las dos de la mañana, al sentirlo entre los brazos, liviano como si fuera otro niño al que había que arrullar.

Eduardo bautizó desde siempre con el nombre de Miroslava a su trompeta. Nadie recuerda haberle oído decir donde aprendió a tocarla. Ni siquiera Arturo, su amigo que circulaba entre las cantinas en compañía de Eduardo y la novela que escribía y que nunca nadie había leído.

Miroslava salía todos los viernes en la noche. Eduardo la tocaba en un grupo de jazz. Si no fuera por Miroslava, solía decir entonces. Como si las notas que le robaba con caricias y seducciones lo salvaran de su aburrimiento, de su destino hubiera dicho Carmen. Y acaso entonces Miroslava adquiría grandes privilegios. Incluso un cuarto para ella sola hasta antes de que llegara Carmen.

Pero Carmen llegó con sus faldas floreadas y largas, sus botas rojo vino, sus anteojos de carey auténtico y en el cuarto de Miroslava hizo un estudio lleno de libros y dos escritorios. Hubo de contentarse entonces con un rincón del clóset para ella y para el atril donde Eduardo ponía las partituras.

Al parecer aquella noche Eduardo y Carmen habían discutido. Tal vez nadie escuchó decir a nadie Miroslava o yo. Pero lo cierto es que después de levantar la voz, Carmen salió dando un portazo y la conserje le dijo buenas noches como si no lloviera, como si no hiciera frío, como si Carmen no arrastrara la mirada descompuesta.

Pero después de una canción lánguida y lenta que tal vez era un blues, los vecinos volvieron a dormir y Eduardo guardó la trompeta que no volvió a tocar en mucho tiempo.

El mar no es azul

Trató de recordar el sonido del mar. Ese arrastrarse de eses hasta terminar en un chasquido que vuelve a esa ese inicial. Pero no sólo era el sonido del mar. También estaba su olor. Olía siempre a sal; a historias soñadas, vividas o recordadas a medias. Con detalles efímeros que se agrandaban hasta convertirse en lo importante como si fueran olas llenas de eses y chasquidos anunciados que siempre vuelven a empezar.

Recordó la sensación del agua tibia cubriendo su cuerpo. Podía sentir la arena gruesa y furtiva. Cerró los ojos. El mar se vestía de rojo ante el presagio de la noche. Un círculo naranja se confundía con el púrpura del mar. Tal vez habría tormenta porque el agua se maquillaba a ratos de negro, café, violeta.

El gusto del mar se le quedó en la garganta, paladeó sin proponérselo un poco de arena. El sabor se parecía a lecciones aprendidas, a palabras ya dichas.

Si pudiera perderse en el mar. Escuchar desde adentro su sonido. Ahí estaba el secreto. El chasquido terminaba por ser un silencio, el sabor; el recuerdo de un día que no había vivido, la temperatura del agua una calidez olvidada. El olor del mar continuaba allí.

Sintió otra vez el deseo de perderse en el mar. Se dejó ir hacia abajo, hacia lo profundo. Qué asombroso, tuvo tiempo de pensar, el mar no es azul.

Un día diferente

Aquella mañana Patricia despertó con la sensación de que no había prisa, de que todo estaba bien. Cuando vio el reloj, a las siete, ya estaba vestida. Repasó mentalmente las cosas que tenía que hacer. Empezó por la cocina; había un altero de platos sucios, pero no se puso de mal humor mientras los lavaba, sino que, incluso, se sintió optimista. Le echó una mirada a la estufa y decidió que podía dejarla para mañana, que después de todo ese día era algo diferente.

Fue de compras, unos muchachos le dijeron unos piropos y en el fondo se los agradeció; es un buen augurio, se dijo, y sin embargo algo la inquietó, no quiso hacerle caso a ese sentimiento.

De regreso le hubiera gustado caminar. Sentir al viento deslizarse imprudente entre su falda y al sol tibio formar reflejos en el agua acumulada, a ratos, en la calle. Pero la bolsa, ya con las compras era pesada y tomó el autobús. Abordó uno color naranja, se sentó hasta adelante dejando que el camino se le hiciera corto, entreteniéndose en ver como una mujer peinaba a una niña o como unos muchachos corrían a una fuente para mojarse unos a otros.

Cuando se bajó le hubiera gustado sentir que tomaba la calle y sin embargo sintió exactamente lo contrario, como si la calle la tomara a ella.

Se enfrentó, inevitablemente, a su casa: quitó el polvo, barrió, hizo camas, guardó zapatos, ordenó ropa, lavó. No le pareció muy cansado porque todo lo hizo pensando que a más tardar a las dos lo dejaría para arreglarse, porque ese día comerían fuera.

La idea había sido de él. Cuando eran novios sí que salían juntos. Iban a comer y después caminaban en los parques. De entonces Patricia recordaba sobre todo el cambiar de los tonos verdes entre las palabras más o menos distraídas de ambos.

Entonces hablaban, se contaban de tiempos de antes, de cuando eran niños, de la primera vez que habían hecho el amor, de sus aventuras.

Cuando oscurecía se sentaban en una banca de piedra del jardín donde hacía frío, pero no importaba porque se sentaban muy juntos hasta lograr el calor. Pero eso había pasado, quedando atrás hasta diluirse en preocupaciones concretas; la renta, la despensa, la ropa. Patricia no quiso pensar en eso, eran las dos y se empezó a arreglar.

Eligió con cuidado lo que se pondría; un vestido azul que a él le gustaba. Pensó que cuando llegara le propondría ir a ese lugar italiano a comer una pizza gigante de mariscos. Pero si él había pensado en otro lugar, no importa.

Patricia se maquilló con esmero. Se observó en el espejo y se repitió que aún conservaba un rostro que la hacía interesante. Hizo planes para la comida, de lo que hablarían. Vio el reloj. Ya casi las tres, la hora en que él había quedado de llegar. Pensó que llovería en la tarde y que si estaban en el lugar italiano verían a la lluvia estrellarse en los cristales formando figuras que los harían sonreír.

Sonó el teléfono y ella supo de qué se trataba. Algo urgente ¿sabes?, llegaré en la noche, no nada malo, en la noche te explico. Patricia se quedó un rato sentada junto al teléfono. No te preocupes le había dicho.

En la oscuridad

Prefería con seguridad salir de noche. Entretenerse en asustar a incautos que al encontrar sus ojos grandes corrían con más o menos disimulo a sus propios temores.

Él siempre andaba solo. Tal vez por eso si se encontraba con amigos, o mejor aún enamorados, guardaba silencio. Como si respetara la calidez de aquella relación; la vehemencia con la que hablaban los borrachos, la delicadeza con la que se movían las manos de los amantes.

Sin embargo, dicen que no era sentimental. Veían el reflejo de sus ojos, se platicaban unos a otros al día siguiente, en las peores desgracias del pueblo: Cuando Taurino mató a palos a su mujer, cuando murió ahogado en el pozo el niño de la escuela.

—Cuando el tecolote canta el indio muere —decían en el pueblo. Tal vez por eso o tal vez no, no vivía mucho entre la gente.

Lo cierto es que durante las noches se entretenía con la oscuridad tejida por los árboles, con las mariposas nocturnas que, sin colores, guardaban la belleza de sus alas grandes y frágiles, con la quietud que rondaba más allá de la casa de adobe, del cementerio.

Durante el día dormía o fingía dormir. Ningún hombre o mujer de la región se hubiera atrevido a molestar su descanso.

~ 95 ~

Una cuestión de nostalgia

Tal vez si alguien pudiese recordarla diría que estuvo ahí. Que se presentó puntual como todos los estudiantes en su primer día y fue al auditorio a oír la conferencia de todos los años de su papel como médico interno en el hospital. Esto lo demuestran unos papeles que alguien tuvo el cuidado de buscar. La olvidaron, debieron olvidarla si algún día la conocieron, porque los estudiantes proliferan ahí con tal asiduidad y monotonía que es fácil terminar por olvidarse, incluso, de su presencia.

Lo cierto es que estuvo ahí. Que arrastró con más o menos orgullo su ignorancia y su falta de práctica de médico que empieza. Que contó las horas del reloj para salir del hospital, que, como todos los hospitales, está lleno de desesperanzas y huidas secretas a mundos nuevos y felices.

Tal vez estuvo en el sexto piso porque una paciente, que por esos meses tuvo un hijo, recuerda haber visto a una doctora que por su descripción podría ser ella. Debió hacer historias clínicas y adquirir una forma apresurada y precisa de preguntar.

También una enfermera la recuerda, aunque no está segura, le parece que un día la vio llorar. Pudiera ser, era una mujer algo triste y cuando estaba sola se sentía inclinada al llanto. Tal vez por esto no le gustaba estarlo y sin embargo cuando se alargaban las horas de compañía extrañaba su soledad.

Por ejemplo, contaría ella algún tiempo después, un día a la hora de cenar bajó al tercer piso con el fin de ir hasta la ventana y sintiendo el aire sospechar el privilegio de estar sola. Pero, no pudo porque una enfermera le preguntó que a dónde iba y ella perdió la respuesta; sabía que era inútil tratar de explicar de su ida a la ventana a escuchar un poco de la noche y si era posible el roce de las estrellas al moverse en el universo y le dijo balbuceando que no, que nada, que era médico interno. Contaba que volvió al sexto piso donde no había ventanas, ni noche y mucho menos estrellas.

Pero esa noche, dijo después, vio a la oscuridad cayendo entre sus dedos. Tal vez hubiera dicho que respiró la noche como presa de un futuro inédito cuando tuvo algunas horas para dormir. Después tal vez recordara a María Luisa; una amiga suya que había dejado la carrera de medicina para dedicarse a escribir. Está loca, habrá pensado, antes de decirse que de todas formas es inútil, que a los escritores nadie los lee y a los médicos nadie les hace caso.

Pero no contó más de aquella noche, sino que se durmió y soñó que toda su vida era una novela de Onetti y que el doctor Díaz Grey se paseaba por los pasillos tirando su sueño y su insomnio de una manera despreocupada.

En la mañana le habló uno de sus compañeros, que bajara, que era hora. Se levantó es seguro cansada y diciéndose, lo contó después, que su sueño tenía mucho sentido, que las novelas de Onetti eran más realidad que la vida y que Díaz Grey tenía una existencia mucho más verosímil que la de algunos médicos que deambulaban por el hospital.

Cuando bajó había mucho trabajo. Después, aunque algunas veces parecía que la guardia no terminaría nunca, llegaba a su final.

Contaba que se iba a su casa y dormía un rato, que a veces la despertaba la lluvia, una lluvia torpe y ambiciosa, aclaraba ella.

Recuerda María Luisa que algunos días iba a visitarla. Que le proponía que escribiera una novela pornográfica para hacerse rica. Recuerda haberla visto cansada, aburrida (vencida dice con esa manía que tiene de dar adjetivos contundentes) y negarse a hablar de la vida del hospital. Decir que de eso no valía la pena hablar, que su anonimato la llenaba de humillación.

María Luisa le contaba después de lo que estaba escribiendo, oían música, se quejaban de lo mal que está el país, la universidad y algunas veces hablaban de sus amantes. Después, recuerda María Luisa, se hacía un silencio que parecía terminar de quitarle el sueño que siempre llevaba con ella.

Cuando más tarde llegaba a su casa ya la esperaba Manuel, un muchacho que compartía con ella algo más que el internado y el departamento; cenaban y hacían el amor y después ella hablaba de San Sebastián, recuerda Manuel.

San Sebastián era un lugar que se vestía de blanco en invierno y se quitaba el follaje en espera de una helada que jamás llegó. Debió existir, pero ella lo inventaba cada noche para sorprenderme a mí dice Manuel, o a sí misma.

María Luisa cree sin embargo que ese lugar no existe, lo cierto es que ella solía inventar cosas. Inventó por ejemplo un día de fiesta. No fue al hospital, como lo atestigua un punto rojo en la lista donde aparece su nombre y según alguien que sabe significa una ausencia.

Tal vez fue a un parque y se sentó en una banca y quizás recordó a Estela, una niña pequeña que había conocido en el hospital poco antes de que muriera. Ver morir a una niña, le dijo a María Luisa, es como probar el sabor de la tierra, sentir su ternura dormida y amarga en el paladar.

Se sentó es seguro, en una banca del parque. Pasó con certeza un viejo de esos que siempre hay en los parques y ella tuvo misericordia de él. Era, recuerda María Luisa, una mujer ingenuamente misericordiosa.

Del hospital nadie más puede recordarla y sin embargo terminó su internado como lo demuestra un diploma que nadie fue a recoger.

María Luisa piensa que tal vez murió en un desteñido suicidio que no alcanzó la nota roja. No es muy confiable, los escritores tienen una tendencia más bien marcada a exagerar. Manuel piensa que estudia en el extranjero. Pudiera ser. Lo cierto es que después de su internado se nos perdió a todos. No volvió, es tan solo una cuestión de nostalgia, pero lo cierto es que ella estuvo ahí.

Fragmento de una historia

No todas las noches un hombre y una mujer caminan juntos hasta un bosque. Él repite el nombre de ella, Roxana y le deja un sabor a historia inacabada, triste. Ella lo llama Héctor y le recuerda la nostalgia de una batalla donde no hubo vencedores ni vencidos.

Se desnudan sintiéndose un poco cohibidos de su propio desamparo, pero dejan que la oscuridad los llene de incertidumbre. Entonces se acarician y su vergüenza se convierte en orgullo. Se descubren y todo surge solo para ellos.

La oscuridad tiene como único fin dejar que sus ojos se adivinen, el silencio o el sonido del mar es como la caricia olvidada y furtiva. Huele quizás a bosques escondidos detrás del rumor del mar, sabe a kiwuis y a granadas, a higos maduros tomados de la tierra. Conocen también que la textura de su piel es joven y perfecta. Entonces juegan como niños a encontrarse y perderse.

Saben después que no importa cuál es el ave que canta. Mañana olvidarán su juego porque no es más que el fragmento de una historia. Pero no importa, conocen, ya conocieron siquiera por esa noche, el color del viento entre los árboles, la canción de cuna que una niña canta, el olor de sus nombres repetidos por la brisa, el sabor del olvido sobre la hierba, la suavidad de quedarse abrazados y desnudos en un bosque.

Entonces cuando se hace la calma porque dejan de jugar; sienten misericordia uno del otro y tienen frío y cubren sus cuerpos con la tibieza del recuerdo, con un fragmento de historia, que nunca estarán ciertos de que sucedió.

De tarde

Supongo que todos podemos recordar, dijo la mujer morena, algún día triste en que pensamos en el suicidio. Yo me acuerdo, por ejemplo, de una tarde cuando tenía 21 años y estudiaba medicina. Me habían dado la noticia triste, aunque esperada, de haber fallado en un examen. Alguien reunió la misericordia suficiente para tocarme el hombro y decirme alguna palabra de compañía. No la comprendí del todo.

Me fui pensando que la tarde era linda para morirse, tenía un sabor a zarzamora y un olor de nostalgia. Triste. No podía concebir la idea de enfrentarme al libro de texto. Pensé primero en matarme con una pistola; casi sentí el frío de tocarla, pero cierto vértigo de escuchar el estampido del balazo antes de morir me hizo escoger alguna otra manera, además pensé, no tengo a la mano una pistola. Recurrí después al trillado sistema del veneno; pero recordé su olor ácido y su sabor amargo. No me pareció una manera agradable.

No se me ocurrió ninguna otra. Salí a caminar a la búsqueda de una forma de morir entre estallidos de campanas o voces de sirenas, dulcemente, con luces tenues que me hicieran imaginar marinos cariñosos que supieran de aventuras, húmedas aún, por contemporáneas. Un morir que oliera a ternura y triunfo.

Llegué, hasta la playa y la vi dorada y perdidiza. Extraña. Me senté, en la arena y la sal del mar se me quedó en la garganta, tenía cierto sabor a niñez triste. Un sonido que venía, tal vez, de puertos alegres me hizo descubrir historias de la gente que paseaba de este lado del mar. Sentía la arena; es como la piel de un amante viejo, y luego debí reírme porque nunca he tenido un amante viejo, debí también, inventar aventuras que nunca he tenido.

Cuando me fui de la playa, concluyó la mujer, era ya tarde. Tal vez pensé que después de todo un examen no es ni más ni menos que un examen y que por eso no valía la pena dejar de vivir. Tuve que reconocer también, como lo reconozco ahora, que ciertamente era una tarde bien linda para morirse.

La convocatoria

La puerta se abrió con violencia sin que nadie llamara.

—Mi marido me engaña —afirmó Irma con aire dramático.

—Pero si tú no tienes marido —señalé.

—Si ya lo sé, —aclaró Irma— ¿pero a poco no estaría bien para principio de una telenovela?

—¿Quieres un café?

Mientras lo preparé ella hablaba de su interés en escribir una.

Levanté los ojos al cielo, antes había pensado una novela policíaca, después fue fotógrafa, actriz y otras cosas que ya ni siquiera recordaba.

Cuando nos sentamos en la sala Irma iba ya en el segundo cigarro.

—¿Y cómo se te ocurrió escribir una telenovela? —pregunté.

—Mira —enseñó un recorte de periódico. Era la convocatoria para un concurso de guiones de telenovelas para llevarlos a la televisión.

—El primer premio serán diez millones —aclaró.

—Tengo una historia sensacional. La pareja lleva veinte años de casada. Ella tiene un amante y se da cuenta de que el marido vive relaciones homosexuales. Para esto, que claro, ya han pasado ciento veinte capítulos. Tienen dos hijos: un muchacho adolescente que anda metido en drogas y una muchacha que se enamora de un patán, sale embarazada y decide hacerse un aborto.

—Bueno, truculenta sí es —interrumpí— ¿Y cómo acaba?

—La mujer se hace diseñadora o algo así, alcanza la fama y se consigue un nuevo marido. El amante de la señora se fuga con su secretaria, el esposo saca la homosexualidad del clóset y se vuelve líder de un grupo gay, el hijo deja las drogas y se rehabilita, la hija no aborta, se casa con el patán y todos son infelices para siempre. ¿Crees que puedo ganar?

—Bueno, si hay una epidemia de locura y todos los jueces pierden la razón en el momento de dar el fallo y encuentras a un productor con urgencia de suicidarse; sin duda ganarás y veremos tu telenovela en la televisión.

—¿En serio crees que está tan mal pensada?

—Límpiate los zapatos antes de entrar —le ordené a Javier, mi hijo de ocho años que entraba a la casa con los zapatos llenos de lodo.

—Mejor me los quito —avisó él. Los dejó junto a la puerta y sin saludar se metió a su cuarto.

—No, no creo que esté mal pensada la historia —continué mi conversación con Irma—. Lo que pasa es que no creo que sean temas para una telenovela.

—Bueno ya veremos. Pero en fin yo quería que me contaras de tu vida de casada. Conozco a pocas mujeres casadas que están dispuestas a contarme sus experiencias. Necesito hacer un personaje creíble.

—Pero Irma, tú sabes que soy un mal modelo. Para empezar, solo duré tres años casada.

—Bueno, pero cuéntame cómo fueron.

—La verdad es que no aguantaba a mi marido y él no me aguantaba a mí. Cuando nos separamos fue una liberación. De veras creo que soy un mal modelo. Pero mira tengo una hermana que tiene doce años de casada. Si quieres vamos y hablas con ella.

—¿Y cómo es tu hermana? quiero decir ¿qué tan dispuesta está a hablar de sus cosas?

—Ella nunca ve los problemas, o al menos no habla de ellos, si es a lo que te refieres, pero tal vez sea la única manera de aguantar casada doce años ¿no crees?

—Mamá ¿me preparas unas quesadillas? —me pidió Javier.

—¿Quieres tomar algo? —Le pregunté, a Irma.

—Bueno lo que le prepares a Javier házmelo a mí ¿no? Irma sirvió el café, y puso un disco.

—¿No te aburres? —me preguntó cuando regresé.

—Quiero decir —me aclaró— llevas siete años separada de tu marido. La haces de papá y mamá, trabajas, llevas la casa, cuidas a tu hijo. ¿No crees que es ya mucho de jugarle a la supermamá?

—Sí, yo creo, pero ¿qué puedo hacer?

—No sé, búscate un amante, declárate budista zen, haz algo.

—Y tú, Irma ¿qué piensas hacer? ¿seguir siempre con tu hombre casado?

—Pues yo creo que sí. La verdad es que los hombres casados tienen muchas más ventajas que desventajas. Arturo y yo ya vamos a cumplir cuatro años juntos.

—¿Y crees que se divorcie? le pregunté.

—No, no creo. Y si lo hace, no será para casarse conmigo. Pero de todas formas para qué quiero tener un hombre exigiéndome cosas; la comida, la ropa limpia. Es mejor así. Nos vemos, me invita a buenos lugares, hacemos el amor, nos despedimos.

—¿Y no te gustaría tener hijos? —pregunté.

—Para nada —aclaró— bueno ya me voy porque quedó de venir Arturo.

Se fue con un nos vemos Javier. Cerré la puerta y me quedé sentada en la sala. En algo tenía razón; tenía que declararme budista zen o buscarme un amante o algo así no quería morirme de aburrimiento. Sobre la mesita del centro Irma había olvidado la convocatoria. Tal vez vendría mañana por ella o tal vez nunca.

Una niña desnuda en la cocina

No les creas mamá si te dicen que me fui. No es cierto. Mira, Carmen me deja desnuda en la cocina y se va a jugar con Chucho. Yo oigo al cielo cambiarse de color hasta llamarse noche y colarse por abajo de la puerta. Me da miedo.

Hace un frío de esos tristes, olvidado. Pero es raro, a Carmen nunca se le olvida nada, ni siquiera un vestido chiquito para que yo me lo pueda poner y salir a la calle. La gente dice que si una niña sale desnuda a la calle el diablo se la lleva. ¿Y si entrara un ladrón? A mí me gustaría que entrara, que se quedara sorprendido de verme.

Y... yo, un día vi una película de un ladrón bueno, que regalaba una muñeca. A mí no me gustan las muñecas, no sé qué hacer con ellas. Los ladrones no deben ser malos. Carmen juega con Chucho. No cantan como en el colegio. A mí me gusta la escuela. Hay muchas maestras. No me dejarían desnuda en la cocina. Hace frío, ¿cómo es el frío mamá? ¿Son enanitos que se suben a la piel y la pican? Carmen llora cuando juega con Chucho y después se duerme. La oigo llorar y luego veo su cama destendida. La entiendo, a mí me pasa lo mismo; después de llorar me duermo. Sueño con bosques lindos... que llego al cielo. La virgen me saluda con una sonrisa. Dios me abraza y se me quita el frío. Las mujeres bonitas son las que sonríen. Mi mamá no sonríe, a veces llora. Se queda frente a la chimenea como con un sueño pequeñito. Mariposa negra. A mí me gusta la chimenea; el color que se cae en el tapete hasta pintarlo de rojo. Tú, mamá, también te pones roja después de un rato de estar ahí. Tomas un vino que quema por dentro. Levantas la voz. No me gustaría ser como tú. No te ves bonita cuando hablas fuerte. No te da pena despertar a los ángeles. Los ángeles se duermen en el calor. Hace frío. Cuando Carmen venga va a traerme mi ropa, ya vestida voy a darte las buenas noches. La tía Graciela insistrá en que no haga ruido, que tú estás enferma, que no dé lata. No me gusta la tía Graciela. Se queda en las tardes con las manos cruzadas sobre la falda, a veces teje. Pienso que planea un asesinato; el tuyo o el mío, mamá, o tal vez el de las dos. La noche no es buena. Es como un camino negro. Puede haber demonios. Le tengo miedo al demonio. Carmen dijo que es un señor muy feo y jorobado y cojo que se lleva a los niños cuando se portan mal. Yo soy buena. Tal vez el demonio se esconde atrás de la puerta. Pero no va a entrar porque si entra va a tener que llevarme y yo no quiero ir con él. ¿Tú también fuiste niña mamá? Me hubiera gustado conocerte. Veríamos juntas volar a las mariposas de colores y nos contaríamos historias. A mí me gustan las historias. Son como estrellas. Las estrellas también son lindas. Son lucecitas que nos regala Dios y así no nos dé tanto miedo la noche. Aquí no hay estrellas y hace frío. Me gustaría que Carmen acabe de jugar con Chucho porque si se tarda, mamá, va a entrar el demonio y me va a llevar. Van a decirte que yo me fui, pero tú no les creas mamá, no es cierto.

Por una cancha de tenis

Mi madre tuvo el tino de morirse cuando yo tenía seis años. Mi padre el desatino de desaparecer cuando yo tenía dos y reaparecer veinte años después. Pero no es este el único desatino que lamento.

Vivíamos mi madre, yo y mi muñeca Catalina en un departamento. Mamá se había peleado con su familia por una mala combinación de soltería y maternidad en la que yo tuve algo que ver. Una vecina pasó por mí a la escuela como todos los días y como mi madre no apareció, a la mañana siguiente me depositó en casa de mis abuelos.

Mi abuelo buscó a mi madre. Se enteró que había muerto en un accidente, la enterró y me tomó por así decirlo bajo su cuidado. No la perdonó, pero insistió siempre en que yo no era responsable.

Se reunió con el hijo que le quedaba y con tan poco tacto como pudo le dio a escoger entre cuidar de su sobrina o quedarse sin herencia. Escogió lo primero. Así que llegué con mis seis años, mi muñeca y una maleta que mi abuela me ayudó a preparar, a casa de mi tío. Vivían con él su esposa y su hija única Teresa.

De todo esto recuerdo poco, pero otro poco que entendí de oídas supongo que así sucedió. Me pusieron una cama en el cuarto de mi prima y me inscribieron en la misma escuela. Al fin y al cabo, dijo mi tío, mi abuelo pagaba mi educación.

Con todos mis tíos no fueron descorteses. Cuando murió mi abuelo yo tenía 17 años y estaba por terminar la preparatoria.

Teresa no quería estudiar. Tenía un novio algo tonto para mi gusto, pero buena persona y además rico. Yo quería hacerme profesionista y esperar a mi príncipe azul. Pero como tardaba en aparecer me hice novia de Gustavo, cortado con la misma tijera que el novio de Teresa. A veces nos perdíamos en un hotel y hacíamos planes para casarnos.

El estado natural de Gustavo parecía ser la depresión. Pero un día llegó animoso y alegre. Lo había invitado a comer una amiga común. Me contó que tenía una casa inmensa, sobre todo lo impresionó una cancha de tenis, a la que lo invitaron a jugar cuando quisiera.

Mientras él hablaba yo presentí el final de aquella relación. Muerto mi abuelo y quedando mi tío como heredero no representaba yo precisamente una casa con cancha de tenis.

Las razones vinieron unos días después. Sorpresivamente Gustavo se dio cuenta de que no nos llevábamos tan bien.

Esa noche nos sentamos a cenar en familia. Mi tío estaba aburrido. Mi tía estaba aburrida y Teresa estaba aburrida. Supongo que fu entonces cuando yo tomé la decisión. Busqué un trabajo y después un pequeño departamento que podía pagar. Hice mi maleta y me despedí de mis tíos mientras los veía respirar con alivio al ver llegar mi esperada ausencia.

Cuando apareció mi padre algunos años después para explicarme su bonhomía le dije que lo entendía. Después de todo pueden entenderse muchas cosas cuando a una la han cambiado por una cancha de tenis.

Tres posibles asesinos y un cadáver

Laura se dio cuenta de que no había prestado la atención que se merecían las personas que la rodeaban cuando encontró un cadáver en su cochera. Claro que entonces no sabía que se trataba de un cadáver. Calculó que sus propias fuerzas no serían suficientes para moverlo. El hombre tirado en el suelo parecía dormido. Usaba un suéter amarillo y un pantalón gris. Con certeza había caminado por el bosque porque sus zapatos de buena piel estaban manchados de barro. Debía tener la misma edad que Laura, unos 40 años.

Cuando ella se acercó para pedirle que se quitara de ahí, lo reconoció, era Rodrigo, el vecino que ocupaba la cabaña del frente. Hubiera intentado despertarlo de no ser porque cierta manera de sostener la mano de Rodrigo le llamó la atención. Entonces fue cuando le rozó la piel y sintió su falta de calor. Está muerto, pensó con una mezcla de asombro y miedo.

Fue a la casa de otro vecino, Guillermo, tocó la puerta y como nadie le abrió, pidió ayuda levantando un poco la voz.

—¿Hay alguien que pueda ayudarme? —repitió dos veces.

Guillermo completamente desnudo y con una escopeta en la mano derecha se acercó por la vereda.

—¿Qué te ocurre? —le preguntó.

—Rodrigo está tirado en mi cochera.

—Me visto y en un momento estoy contigo —anunció Guillermo como si el andar desnudo fuera la cosa más natural

Laura mientras regresaba a su casa pensó que en aquel lugar todos eran un poco absurdos. Guillermo, por ejemplo, en las mañanas hacía ejercicios de yoga o se iba a cazar completamente desnudo.

Con certeza había ido esa mañana, decía que de esa forma entraba a su cuerpo con más intensidad la energía cósmica. Laura no sabía qué le parecía más contradictorio, si un yogui/cazador o un cazador desnudo. Pero como desde un principio la ley de las cabañas había sido vivir y dejar vivir, ningún vecino se hubiera atrevido a protestar.

De vez en cuando Guillermo invitaba a sus amigos y ponía música de cítaras que sonaban toda la noche, y cuando invitaba a una amiga se escuchaban sus discos de Bob Dylan.

Algunas veces Laura había hablado con él, además de ser un rockero venido a yogui era un comerciante al que le iba bastante bien. Pero Laura no debió tener tiempo de pensar mucho más, se encontró con Soledad, la vecina de la cabaña de atrás, que ya estaba en la cochera. Miraba con temor a Rodrigo como sin saber si debía o no tocarlo.

—Este hombre está muerto —dijo. Laura asintió con la cabeza.

Guillermo llegó ya vestido con un pantalón de pana y un suéter grueso. Soledad señaló el cadáver y entre los tres lo llevaron adentro. Lo recostaron en el único sofá de la cabaña de Laura y se quedaron mirándolo como si no creyeran que estaba realmente sin vida.

Es difícil saber lo que pensaba Soledad. Debía sentir frío porque titiritaba. Durante un momento el choque de sus dientes fue lo único que pudo oírse. Llevaba más de una hora en el bosque recogiendo hierbas. Lo hacía con frecuencia.

—Serviré café para todos —anunció Soledad.

—Un día vas a matar a alguien con tus tés. —Le había profetizado Laura más de una vez. Pero ella estaba segura de que no sucedería eso. Conocía las plantas porque su abuela, un poco bruja en un pueblo de Michoacán se las había enseñado. Soledad hablaba con frecuencia de su insomnio. Según parece nunca podía dormir, o al menos no había podido hacerlo bien durante todo el tiempo que estudió sicología en la universidad, pronto terminaría la carrera y ella argumentaba con la esperanza de que entonces el insomnio desaparecería.

Laura la veía entrar y salir de su conversación y de su cabaña siempre un poco disfrazada de gitana. Usaba faldas amplias y botas altas, solía atarse pañoletas en la cintura o sobre los hombros y muchos collares que sonaban avisando de sus idas a buscar yerbas. De niña había vivido cerca de Morelia.

Laura la apreciaba, aunque presentía que ella también era un poco absurda. No andaba desnuda, es cierto, pero en las noches con el pretexto de recoger yerbas se salía a vagar por el bosque. Un día regresó con una serpiente que a Laura le pareció enorme.

—¿Para qué la quieres? —le preguntó.

—La piel de víbora es buenísima para muchas cosas —fue su respuesta y la miró como si sintiera lástima de ella por su ignorancia.

Laura no volvió a preguntar porque era, en particular, sensible a esa mirada. Si cualquiera conocía a su madre, podía entenderla. La buena mujer había pasado sus más de 65 años de vida pidiendo la lástima de los demás. Ella a cambio, la daba generosamente. Se la otorgaba con motivo o sin él, a cuanto ser viviente se cruzaba en su camino. Así que Laura cada vez que la visitaba recibía cubetadas de ese sentimiento; porque tenía que trabajar como si fuera hombre, porque no había tenido hijos, porque se había divorciado.

Tal vez buscando no ver a su madre Laura alquiló la cabaña. Así los fines de semana no tenía que inventar pretextos para no encontrarse con su familia. Por esto o por otra cosa Laura se encerraba en su cabaña para escribir. Ahí cambiaba su traje sastre por pantalones vaqueros y suéter amplio y sus zapatos de tacón por tenis y se preparaba café de grano. Estaba escribiendo una novela. Llevaba mil ochocientas cuartillas y aún no llegaba a su final.

—¿Y ahora qué hacemos? -preguntó Soledad señalando el cadáver.

—Tengo un amigo médico forense, voy a pedirle que venga, ¿me permites? —propuso el hombre dirigiéndose a Laura y marcando ya el teléfono. Soledad se fue a servir café.

—Vendrá pronto —avisó Guillermo mientras se sentaban ante la mesa del comedor—. Vive cerca, estará aquí en unos quince minutos.

Se hizo un silencio en el que todos miraban hacia el fondo de sus tazas de café. Laura pensó tal vez que alquilar una cabaña precisamente ahí, donde encontraría un cadáver en su cochera, había sido mala idea. Pero desde que vio la casita en medio del bosque, cerca de la carretera a Toluca, donde solo tendría tres vecinos porque había cuatro cabañas, le pareció ideal para pasar los fines de semana.

La casa por dentro le gustó todavía más que por fuera. Un espacio que hacía de sala y comedor con un tapanco de madera donde nada más cabía la cama, la cocineta en el comedor y el pequeño baño con la única puerta que podía cerrarse dentro de la casa.

Lo que menos le gustó del lugar fueron sus vecinos, sobre todo Rodrigo. Al parecer ingeniero o algo así, tal vez casado, pero a la cabaña iba con una mujer diferente cada vez. Se lo encontró cuando recién llegada Soledad hizo una fiesta para que se conocieran todos.

—La copulación es el mejor ejercicio aeróbico.
—Afirmó ante Laura como si fuera un tema cotidiano de conversación.

—Te relaja y al mismo tiempo ayuda a mantenerte en forma ¿no crees?

Laura pensó después que debió haberle contestado que le parecía detestable pero no lo hizo y en cambio le preguntó a Guillermo cómo iba con su yoga. Pero ahora Rodrigo yacía en el sofá y ningún ejercicio aeróbico podría salvarlo. Así que Laura pensó que no valía la pena recordar nada. Soledad interrumpió el silencio.

—Yo lo maté —aclaró— vino ayer en la tarde, creo que estaba bebido. Entró a la casa a la fuerza, se sentó en el sofá y empezó a decir cosas obscenas. Insistió en que deseaba probar uno de mis tés. Fui a la cocina y le preparé uno que en poca dosis sirve para dormir. Creo que estaba nerviosa, debo haber puesto de más y provoqué su muerte. Llevé el té, pero él dormitaba, así que me escapé por la puerta de atrás y esperé un rato, después oí que salía. Volví a entrar y me encerré.

—Tranquilízate —habló Guillermo— nadie se muere por un té que no tomó, quizás ni siquiera llegó a servírselo.

—Sí —añadió Laura— me temo que en realidad lo maté yo. Anoche al llegar vi a Rodrigo frente a la cochera. Yo también creo que estaba bebido. Trató de abrazarme y lo empujé. Tal vez se golpeó.

—Tampoco tú lo mataste —adivinó Soledad— de haber sido el golpe, lo hubiéramos encontrado caído hacia atrás y estaba de bruces.

—Yo sé qué fue —señaló Guillermo— en la madrugada vi una sombra, pensé que era un animal y disparé. Debo haberlo matado, pobre tipo.

Soledad se acercó al cadáver.

—Lo extraño —dudó— es que no se le vea el orificio de la bala.

Nadie supo después qué decir. Laura volvió a servir café para los tres y se quedó mirando al muerto como si siempre lo hubiera desconocido.

Entendió de pronto Laura porque su novela no podía llegar al final. La autora había hecho que pasara nada. Al menos algo como lo que estaba sucediendo ahí: un yogui, una bruja y una escritora están en un cuarto con un cadáver, cualquier final aquí sería bueno. Aunque ella terminara en un juicio alegando defensa propia. Lo lamentaba por Rodrigo, pero esa era otra historia. Cualquier cosa sería mejor para ella que esa adherencia de palabras que la había llevado a llenar mil ochocientas cuartillas sin decir nada.

—Parece dormido —advirtió Soledad. Y sin causa Laura recordó un árbol de mango. Recuperó el crujir de sus ramas cuando ella se subía y el color naranja entre sus hojas cuando trataba de atrapar al sol con sus dedos. Recordó a sus padres siempre ocupados en cosas importantes y a ella de niña en el árbol comiendo sus frutos verdes.

—No se necesita más que esto para ser feliz, pensó con una amiga cuando compartió con ella su escondite.

Lo que más le sorprendió del recuerdo no fue su claridad si no su olvido. ¿Cómo había podido no sentir aquella luz naranja por tanto tiempo?

El doctor tocó la puerta. Guillermo le abrió.

—Lo encontramos hace un rato —avisó Laura a manera de explicación.

—Tú, Guillermo, quédate dentro —ordenó el recién llegado— ustedes salgan.

Laura y Soledad los dejaron solos.

—Ahora el doctor dirá de qué murió —anunció Laura— y sabremos quién es el asesino.

Fue entonces cuando Laura se dio cuenta de que no había prestado la atención que se merecían las personas que la rodeaban. Deseo tener la oportunidad de ser realmente amiga, por lo pronto, de Soledad y de Guillermo.

—Pasen —ordenó el doctor mientras firmaba unos papeles— la ambulancia no debe tardar. Habrá que llevarlo al hospital civil para cubrir los trámites.

—¿De qué murió? —preguntó Laura.

—Causa natural —señaló el doctor— probablemente un infarto.

—Guillermo me contó sus dudas, pero pueden estar tranquilos; ni veneno, ni golpe, ni disparo produjo su muerte.

Catalina

Catalina era rubia. De esas rubias que todo el mundo mira, que dan envidia a las mujeres y hacen soñar a los hombres. Le gustaba pasear por el puerto en las tardes, recogiendo el peso de las miradas sobre sus caderas, estrenar vestidos lindos e imaginar historias de amor.

Entraba a un café, qué hay Catalina, y se tomaba algo frente al espejo de la barra. No tenía prisa. Quizás por eso no le pesaban los treinta años que arrastraba como a escondidas de sí misma.

A veces encontraba amigos pero daba lo mismo, los saludaba de lejos y salía después a perderse entre callejones que parecían llevarla a ningún lugar y terminaban llevándola a su casa. Prendía la luz y esperaba a escucharse a sí misma cerrar la puerta para saberse dentro.

Catalina se servía un vaso de vino. Se lo tomaba antes de dormir porque no le gustaba soñar, sobre todo aquel sueño de la niña pequeña y rubia que corría tras una mujer. Nunca lograba alcanzarla porque antes Catalina se despertaba sorprendida y miedosa en la oscuridad. Entonces se levantaba y escuchaba música; "How can I tell, that I love you". Y se acordaba del puerto e inventaba historias de amor.

Desde su casa no se veía el mar, pero sí podía oírse, sentirse la calma o la agitación del agua sobre el acantilado. Algunas noches llovía y Catalina inventaba una fiesta para poder embriagarse. Ya bebida lloraba. Pero no con ese llanto lindo y suave que les gusta a los hombres porque les recuerda un lago rodeado de cipreses, si no con ese llanto hostil y brusco que asusta a las mujeres porque tiene algo de celosía de convento.

Algunas veces Catalina recordaba que de niña había vivido un maremoto. Nadie fue al colegio ni a trabajar ese día. Nadie salió de su casa. Su madre guardó las plantas de la terraza y su padre reforzó las ventanas clavándoles maderos. El viento se escuchó desde la víspera. Por la mañana se reunió la familia y rezaron el rosario. Se escuchó el viento en un rugir venido del mar. El agua parecía querer conquistar la tierra y saltaba en olas más grandes cada vez. Llovía. Su padre dijo que las olas medían más de quince metros. De pronto se hizo la calma; la lluvia, el viento y el mar parecieron quedarse dormidos de repente. —Así es el mar —dijeron los pescadores.

Otras noches hacía calor y Catalina se acostaba desnuda. Se quitaba la ropa de a poquito viéndose en el espejo como si ella misma fuera otra mujer que descubría casi por instinto sus propios defectos.

Catalina casi nunca recordaba. Porque cuando lo hacía sentía ganas de llorar. Pensaba que cualquier cosa que se recuerde, como recuerdo ya no vale la pena. Tampoco hacía planes, tal vez era suficiente para ella ser una mujer o tal vez no soñaba porque sabía que para ella la vida nunca sería suficiente.

Tarde o temprano terminaba por dormirse, por saber al mar calmoso o agitado, cerca de ella, dentro de ella. Al amanecer sentía frío y es entonces cuando deseaba que alguien entrara a su habitación para que viéndola desnuda se apiadara de su desnudez.

El Imperio

Lo que es seguro es que estoy aquí. Quitando la comida que es mala, no me molesta este lugar. Me gustan la rutina y los jardines. Me acomodo junto a los árboles durante el día y veo cómo van cambiando los tonos de verde en las hojas.

Suspendo mi observación cuando me llaman para ir a comer a mediodía y a cenar en la noche. Después no salgo. Me voy a mi cuarto y cierro los ojos. Puedo ver todo convertido en negro. También dejo mi banca del jardín para mi visita a Dadordeflores tres veces por semana.

Él se llama para los demás doctor García. Yo lo nombro Dadordeflores porque un día me regaló una flor. Era silvestre, de color amarillo y olía a verdades dichas con buena intención. Es un hombre afable. Escucha más que habla. A veces pregunta.

Al principio le platiqué de mi trabajo. Trabajaba en una editorial. Me pasaba el día leyendo textos, escuchando con los ojos; palabras, letras, signos. Nada trascendente ni divertido.

Sin embargo, me gustaría contarle lo importante. Cómo empezó todo. Cómo yo me sentía siempre tan inapropiada. Las palabras exactas para corregir textos que no eran míos, jugaban conmigo y aparecían equivocadas en mi conversación.

Caía con lentitud. A pesar de que había tanta calma en un principio no me permití alejarme del todo. Las partículas de luz empezaban por ser burbujas y crecían hasta explotar en palabras de muchos colores. Se oía el mar. No recuerdo haberlo visto nunca. Pero sí su sonido como el de un caracol gigante, a veces tranquilo y a veces agitado con tormenta.

Podía sentir la sal del aire con halo a naranja podrida, a mango verde, a guayaba echada a perder. Pero su sonido, el sonido del mar siempre fue azul. O tal vez yo me aferré al azul que me tranquilizaba, el verde en cambio chillaba de angustia.

Un día en ese camino celeste conocí al emperador, era un viejo, y parecía bondadoso. Yo soy el sol, me dijo y se convirtió en un círculo rojo. Me llegó un olor a azufre. Tuve miedo de que fuera el demonio.

—Yo te imagino —le dije.

—Y ¿tú eres la imaginación de quién? —preguntó con indulgencia.

El Emperador era un sol, sin embargo, helado. Quemaba de frío. Quise alejarme. Negarlo todo. Pero sabía que yo era quien otros habían imaginado. Mis padres por ejemplo solían soñarme más rubia, más delgada, más dulce. Pero ya era tarde.

También me gustaría contarle a Dadordeflores de mis padres. Me gusta recordarlos sobre todo cuando no me visitan. Cuando lo hacen, su miedo se queda pegado a mi piel. Tarda días en desprenderse y siento que las adherencias de sus temores impiden respirar a los poros de mi cuerpo.

—El dorado siempre es más seguro. —repetía El Emperador señalando los colores.

El dorado se movía pausado, casi musical hasta que una explosión lo convertía en rojo.

—No te preocupes —me recomendaba— así es El Imperio del sol.

Hacía frío. A ratos se llenaba de nieve y todo era blanco gracias a la conjunción de los colores y a las gotas de lluvia que caían sin llover.

Entonces yo trataba de recordar el mundo de aquí: Mi habitación, el comedor barroco de casa de mi familia. La gelatina de frambuesa con la que mi madre conjuraba todos los problemas. Los gritos de mis hermanos, pero yo no podía describirlos porque estaban después del ruido, del estruendo del mar.

Supe entonces que estaba dentro sin conocer la forma de salir. Recordaba, como se recuerda un sueño, a las burbujas que se hacían palabras de colores. Parecía una cueva oscura rodeada por un pozo lleno de serpientes. Le pregunté a una mujer vestida de negro si ahí estaba la salida, me dijo que sí, pero que para salir tendría que atravesar el pozo. Me interné por un pasillo lleno de puertas. Abrí la primera. Mis padres me miraban con enojo.

—Si eres de arena —señaló El Emperador —deberás guardar silencio para no desmoronarte.

Me fui sin terminar de oír la sentencia.

De nuevo me vi en el corredor. Me encontré con una niña. Quería sacarla de ahí cuando caímos en un remolino de mariposas blancas y de noches de miradas obscenas.

Llegamos a una puerta escarlata. Un demonio me esperaba. Para salir debía de decirle mi nombre. Pero yo no podía recordarlo. El ambiente se llenaba de partículas de luz. Me percaté de que estaba en la tierra del olvido. De que no había retorno. El celeste tiene desde entonces muchos colores; azul, añil, color de mar.

Cuando murió El Emperador fue cuando traté de regresar. Se perdieron las palabras que quedaban entre las partículas de luz, las cosas se volvieron innombrables y yo me quedé sola. Y los colores se dejaron pintar de gris y no había música, ni luz, ni siquiera quedó el olor a azufre. Sólo ese frío en la piel y yo sin saber cómo regresar; por más que grite que quiero volver, que se lo debo a la niña que encontré poco antes del remolino de mariposas blancas.

Oscurece y yo quisiera hablar con Dadordeflores para decirle que nada es seguro, lo único cierto es que estoy aquí.

Tía Sara

El abuelo se moría. La tía Sara nos visitó, tal vez, por algún deseo morboso y desatinado de estar con él en su ultima hora. La anticipó un telegrama anunciando su llegada. Papá fue por ella al aeropuerto. Yo estuve en casa alimentando una cierta esperanza de que las cosas no fueran tan sencillas como suelen ser.

Al llegar ellos me llevé una desilusión; la tía Sara no era ni tan simpática ni tan bonita como había dicho mi padre.

Cenamos en silencio. Al abuelo le llevé después la cena a su cuarto. Cuando entré lo vi soñando con su propia muerte. No deseaba morirse, pero si cerraba los ojos veía venir despacito a la Virgen toda vestida de azul y de estrellas, llamándolo, al rato los demonios le daban miedo.

La tía Sara pasó esa misma noche a ver al abuelo. Se dio cuenta solo a medias de los olores de medicina y moribundo, de lo claroscuro del cuarto, del abuelo. Hubiera preferido no venir, pero alguien le habló de una obligación, ella no había podido olvidarla. Desde la muerte de mamá no había regresado. Su maleta y su recuerdo estaban llenos de ropa negra, de luto.

La noche de su llegada era tranquila. Mi padre fumaba y Tía Sara se sentó en la mecedora de la terraza. Yo estaba junto a ella y podía sentir el despeñarse de sus sueños, saboreando el porvenir; viéndose a sí misma vestida de negro recibiendo el pésame de toda la gente a la que no había visto en los últimos ocho años.

Mi padre sin hablar se distrajo para verla. Empezó a desvestirla, a llevarla a un hotel y a llamarla culito de oro.

Al cruzarse sus miradas hablaron de viejos tiempos. Me fui a dormir. La llegada de tía Sara no fue por lo demás nada extraordinario.

El abuelo hubiera debido morirse al día siguiente, pero no lo hizo. Por eso la tía se quedó con nosotros.

Por las noches mi padre llegaba del trabajo y se sentaba a leer libros de guerra. Se imaginaba a sí mismo como un soldado que mata a miles de enemigos en un campo de batalla; un héroe. La tía Sara le servía café y se sentaba junto a él. Le parecía muy guapo, se lo llevaba a una casa estilo francés y lo dejaba que la enamorara.

Mi padre y tía Sara no pensaban en mamá. Desde su muerte no se habían vuelto a encontrar para evitarlo. Se deseaban y un día de aquellos en que el abuelo no quiso morirse pasó todo.

Yo desde mi cuarto lo escuché. Fue una escena triste; mi padre no se atrevió a llevarla a un hotel, pero sí a decirle culito de oro y la tía Sara no le habló de su casa estilo francés; entre frases dichas a medias hicieron el amor.

El abuelo debió de oír algo y tal vez pensó que no era correcto, por venganza aceptó morirse al día siguiente.

Lo de después fue muy parecido a lo soñado por tía Sara: gente arrastrando caras compungidas dando un pésame sin destino definitivo. Había muchos ruidos, sucios y escandalosos golpeándose unos a otros que no dejaban a las miradas encontrarse de manera sincera.

La tía Sara se fue unos días después con sus sueños de encontrar a un hombre en una villa francesa; dejó a mi padre soñándose un héroe y a mí, aburrida de saber ensoñaciones.

Una Florencia para El General

Carmelita entró a trabajar antes de cumplir quince años gracias a la recomendación de su tío, el dueño de la farmacia.

El doctor le regaló un libro y le explicó que la mujer de sonrisa solícita de la portada era Florencia Nightingale ayudando a los heridos en el campo de batalla.

La muchacha aprendió por el texto a llamar a la cofia de enfermera "dignidad". Para ella tuvo sentido, era más lógico llevar la dignidad en forma visible sobre la cabeza y no, como enseñaban, oculta en la entrepierna. Desde que supo del uso imprescindible del uniforme almidonado, planchó su falda con almidón.

Carmelita imaginaba su misión en la vida, por lo menos, tan heroica como la de Florencia Nightingale. Con todo, pronto admitió esa mala costumbre de la realidad de alterar y superar las más lúcidas fantasías.

La primera muerte que presenció fue la de una mujer después del parto. El doctor pudo salvar la vida del recién nacido, pero no tuvo igual suerte con la parturienta. El médico anotó eclampsia en el acta de defunción como si esto sirviera de consuelo.

Además, estaban los frascos del consultorio. A Carmelita se le iba el sueño pensando en ellos. A veces llegaba alguna mujer y entregaba al doctor un envoltorio de algo expulsado de su vientre. En realidad, no sabía qué hacer con aquello. Demasiado humano para tirarlo a la basura y sin haber llegado a nacer no pensaba en enterrarlo. Los frascos guardaban fetos. El doctor no los llamaba niños sino productos. Carmelita aprendió a preparar la solución y a guardarlos para que descansaran los años que no llegarían a vivir.

Una batalla bastante cerca de ahí confirmó sus ideas. Carmelita vio morir a un hombre vomitando sangre sin que ella ni el doctor pudieran evitarlo.

Los heridos en camillas o tendidos en el suelo impedían el paso por los corredores. Muchos que necesitaban entrar al quirófano no podían hacerlo. Los que alcanzaban el privilegio de la mesa de operaciones casi nunca llegaban a contarlo.

Al General lo trajeron entre varios militares. Un coronel le extendió al doctor un pañuelo con la mano, encontrada junto al herido en el campo de batalla. El médico se lo pasó a Carmelita.

—Ponlo en un frasco —ordenó —con una solución igual a los demás.

La muchacha extendió el envoltorio del producto inusual; lavó la mano con agua y jabón, la depositó dentro de un frasco, le agregó nueve partes de formol y una de alcohol, lo cerró bien, limpió su exterior y lo colocó en la vitrina junto a los otros frascos.

El conjunto se veía extraño. Aquella mano, mariposa de cinco dedos, parecía tener su propia memoria, tal vez había golpeado o acariciado, seducido o engañado. Carmelita tuvo la impresión de que sus hermanos, los otros productos, los verdaderos niños, la miraban con algo de rencor por su memoria.

El General por su alto rango tuvo un trato preferencial. Su jerarquía no lo libró de un muñón en el brazo derecho, pero sí en cambio de compartir habitación.

El dormitorio de uno de los doctores sirvió de cuarto privado para él; Carmelita se quedó a cuidarlo el resto de la noche y un capitán hizo guardia a su puerta.

El General pidió agua y Carmelita le mojó los labios y le explicó que aún no podía darle de beber.

—Me duele el brazo —repitió muchas veces.

La muchacha había oído algunas cosas de aquel general: que había mandado fusilar a miles de hombres y violado a cientos de mujeres, pero, viéndolo descansar ahí, con el brazo vendado junto al tórax, no le pareció más malo que cualquier otro desgraciado al que le acabaran de amputar una mano.

—Me duele el brazo —insistió mirándola con ojos desorbitados —soñé que me lo volaban.

—Se lo volaron, mi general.

El hombre no le creyó.

—No puede ser, me duele la mano, la siento.

—Es su mano fantasma, la que tiene dibujada en el cerebro.

—Tengo frío.

Carmelita le puso otra cobija y lo arropó.

—Duérmase, mi general, mañana se sentirá mejor —comentó haciendo uso de las únicas palabras de consuelo que se le ocurrían.

Pero el militar no podía dormir porque anidaba malas ideas en su cabeza.

—¿Cómo te llamas muchacha?

—Carmelita.

—¿Trabajas aquí?

—Sí mi general.

Al poco rato el hombre lloró y Carmelita trató de calmarlo.

—Tengo frío —repitió como si eso explicara algo.

Pudo más la inclinación de la muchacha a la piedad y su deseo de parecerse a aquella Florencia que su sentido común. Le puso el seguro a la puerta, se quitó la falda, pensando en que no se fuera a arrugar y se metió a la cama del general. Sintió revolotear, alejándose por un rato, las malas ideas que el militar anidaba en su cabeza. Una en especial oscuro, era el ángel de la muerte que lo había visitado aquella mañana.

El General le pasó el brazo bueno por abajo de los hombros. Por un momento pensó que soñaba, pero que si estuviera despierto tendría que cumplirle como hombre que era. Trató de acariciarla, pero la muchacha detuvo el gesto.

—Duérmase mi general —repitió —mañana se sentirá mejor.

Tal vez dijo algo de que había perdido mucha sangre y de que estaba débil. Él de todas maneras no la oyó. Con el calor del cuerpo joven junto a él se quedó dormido.

Al día siguiente Carmelita salió del hospital con su falda almidonada y su sonrisa solícita de siempre.

La pareja perfecta

Nos conocimos en una fiesta. Ricardo brindó por la traición de Bob Dylan y dijo que como él quería cambiar; de usar el cabello largo a llevarlo corto. Fredi habló de un gurú que se alimentaba con yogur y comida natural y yo escuché un disco de *Seals and Crofts*.

Mi relación verdadera con Ricardo vino después. Él estudiaba para ingeniero y yo ingresé a la universidad a la facultad de letras. En aquel tiempo todos nos vestíamos iguales: pantalones vaqueros, zapatos bajos y suéteres de cuello alto.

Ricardo y yo nos hicimos novios. Los fines de semana veíamos a Fredi en una cabaña que tenía en el bosque. Jugábamos a ser hippies. Algunos fumaban marihuana y hablaban bien de María Sabina mientras otros hacían meditación trascendental. Pero Fredi se fue a estudiar a París y se terminaron aquellas reuniones.

Al concluir la universidad entramos a trabajar. La oficina mata dijo Ricardo con desaliento. Yo quedé embarazada y nos casamos. Mis papás me regalaron un condominio que está en una calle que lleva el absurdo nombre de Manzano.

Es un departamento con pretensiones de lujo. El pasillo de la entrada pintado de blanco con ribetes dorados. Pero una vez dentro hicimos un lugar agradable. Un comedor de madera rústica, una sala con sillones floreados y dos recámaras; una con una cama matrimonial y la otra, al principio, vacía.

A los seis meses de matrimonio nació Gerardo y año y medio después Miguel. Compramos dos camas gemelas y el condominio y la familia quedó completa.

Fredi regresó de París. Había estudiado diseño y se colocó en una fábrica de telas. Mis hijos ya iban a la escuela. Una señora me ayudaba en la casa y a mí empezó a sobrarme tiempo. Me aburría.

El aburrimiento no fue el único problema. Tal vez empezó por ser mi estado de ánimo. Un día, por ejemplo, Ricardo había salido de viaje, por su trabajo se ausentaba mucho. La señora que me ayudaba había ido a las fiestas de su pueblo. Los niños estaban resfriados y no salían de la casa. Yo llevaba dos días en camisón y bata. Llamó Fredi preguntando por Ricardo y yo sencillamente me eché a llorar.

Nuestro amigo se presentó con una pizza y una botella de vino. Estuvo con los niños. Les contó historias y los durmió. Me pidió que me arreglara para cenar. Cuando terminé de vestirme y maquillarme, el departamento que parecía zona de desastre se veía como un hogar normal. Fredi había recogido ropa y juguetes y hasta arreglado la mesa para cenar.

El vino me relajó y le hablé a Fredi de mi preocupación por Ricardo. Lo sentía lejano.

—¿No será que hay otra persona? —preguntó.

Debo haberlo mirado como si hablara de los hoyos negros del espacio antes de descartar la idea.

—Él no me haría una cosa así —aseguré.

Fredi me habló de su trabajo y de su vida en París. Terminamos en la cama. Fue un amante comprensivo y tierno. Me reconfortó.

Después de algún tiempo nos cambiamos del departamento de Manzano a una casa con jardín. Ricardo insistió en que sería una vida nueva. Fredi nos llevó varios proyectos de decoración. Aconsejó que todos los muebles fueran *early american* y así se compraron. También sugirió llenar las habitaciones con plantas exóticas, pero yo no lo permití. Vivir en una casa que parecía la cabaña de *Daniel Boone* era tolerable, pero en un jardín botánico era demasiado.

Ricardo y yo discutimos por esto y sin embargo creí que después vendría la reconciliación. Para lograrlo quise darle una sorpresa. Como al cabo de un mes cumpliría cuarenta años, pensé que, si rentaba el departamento de Manzano, con la primera renta podría comprarle un buen regalo.

Llegué a Manzano un viernes en la tarde. Los niños habían ido con unos amigos y Ricardo estaría fuera todo el fin de semana.

Cuando entré sentí como si llegara a un lugar distinto. No había estado ahí desde la mudanza. Me sorprendió su aspecto, estaba arreglado y limpio. Pero más me asombró su olor a incienso. Sentí que el corazón me latía deprisa y sudor frío en las manos como si adivinara lo que iba a suceder. Abrí la puerta de la recámara. En mi cama matrimonial dormían abrazados Ricardo y Fredi.

De concurso

Lo llamaron Pericles por el niño que aparecía en el programa de televisión Los locos Adams. Lo sacaron de la escuela en el primer año de primaria, el maestro se dio por vencido ante el hecho de que Pericles no aprendía nada.

Sin embargo, su mamá logró enseñarle a leer y para su sorpresa el niño era capaz de repetir cualquier texto, aunque no entendiera su significado.

Cuando Pericles cumplió dieciocho años entró a trabajar a la universidad por una recomendación. Su trabajo consistía en barrer pasillos, no daba problemas. Nunca se le conoció novia, aunque a veces antes de sonrojarse veía el movimiento de alguna cadera femenina como con nostalgia. Con una risita nerviosa respondía a las bromas de sus jefes o de los estudiantes sobre su falta de inteligencia.

Se enteró de que habría un concurso de cultura general y se inscribió en él. Fue a la biblioteca y pidió una enciclopedia, le dieron el Pequeño Larousse. Por las tardes iba a leerlo hasta la hora de cerrar. Después de algún tiempo había leído de la página uno a la 1663, la última.

Pericles se presentó al concurso. Había veinte estudiantes y duró seis horas. Cuando fue su turno le dieron el vocablo entrefilete y él contestó tranquilo:

pequeño artículo o nota en un periódico, intercalado entre sus columnas y que suele estar enmarcado en filetes. Luego le nombraron a Neira de Mosquera y él: escritor español satírico, 1818-1853.

Finalmente quedó vencedor y le dieron un diploma y todos lo felicitaron.

—Te lo dije —le comentó a un amigo —para ganar un concurso de cultura no se necesita haber cursado la primaria.

El hombre de mis sueños

Mariela, que caminaba junto a mí, entendía que el ejercicio de su inteligencia se demostraba haciendo pedazos la fama de cualquiera que estuviera a su alcance. A esas alturas, media hora después de que nos habíamos encontrado no quedaba ya, por decirlo así, títere con cabeza.

Mi amiga había insistido en que nos encontráramos para que yo conociera a Felipe. No perdía la esperanza de ser ella quien me presentara a mi príncipe azul.

Entramos a la cafetería, Felipe, de pie frente a un estante de libros; me recordó más a una grúa de petróleo, por lo alto y desgarbado, que al hombre de mis sueños.

Mariela despedazó la reputación de personas que yo no conocía mientras tomábamos café. Felipe más que un cómplice parecía un involuntario testigo, empeñado en no verse salpicado de sangre.

Cuando nos despedimos Felipe me pidió mi número de teléfono y yo se lo di. No era cosa de desanimar la incipiente vocación de casamentera de Mariela además de que el candor de algunas personas, incluso inteligentes, es inapelable.

Antikarma

Leticia experta en cartomancia se sentó frente a sus propias cartas y presintió su suerte. Fue cuando comprendió que aquella situación de cada madrugada de sábado era un karma con el que deseaba terminar. Cuando llegó Ernesto, su esposo, Leticia estaba en la cocina preparando café.

—¿Me esperabas? —preguntó él con ganas de iniciar el pleito.

—No, desde que nos casamos tengo insomnio de madrugada.

El hombre se veía un poco desconcertado al no escuchar la retahíla de reproches, la pregunta indispensable: ¿de dónde vienes?

—Debes venir cansado —comentó ella por decir algo.

—Ninguna mujer comprende a los hombres —respondió él.

Leticia en otro momento hubiera dicho yo no soy ninguna mujer y tú no eres todos los hombres, pero ese día dijo:

—No, supongo que no.

—Es que no puedo seguir así —añadió Ernesto como si de pronto lo supiera—, cuando estoy con ella la quiero y cuando estoy contigo...

Eres un desgraciado hubiera respondido otro día.

—No, no podemos seguir así —afirmó.

Leticia necesitaba tomar aire, así que caminó por la cocina.

—Voy a la recámara —avisó él.

Ella tardó un momento en darse cuenta de lo que inevitablemente sucedería y dejó que el aroma del café lo inundara todo. Cuando Ernesto regresó traía una maleta.

—Me voy —le avisó— veré que no te falte nada.

Leticia después de escuchar el ruido de la puerta al cerrarse se sentó frente a dos tazas de café, tomó un pequeño sorbo de una de ellas para dejar que pasara por su garganta el líquido amargo y por primera vez en mucho tiempo supo que dormiría tranquila hasta el día siguiente.

La Flaca

La Flaca se enamoró de Isaías nada más porque sí: porque era joven de veinte años, moreno, de ojos negros, que vivía por allá, por el Barrio Alto.

El día de San Valentín andaba chiflada. Por todos lados vendían corazones de chocolate y globos con la leyenda de te amo y los enamorados se miraban a los ojos y se decían cosas cursis como si quisieran recordar que era el día del amor.

La Flaca salió con Isaías de su casa y junto a él tomó el pesero. Ya en el Metro por andar jugando tropezó con un puesto de cacahuetes.

Un comerciante, un señor chaparro y gordo, de bigote recortado, que llevaba bajo la chamarra una pistola, sintió el aliento gélido de La Flaca junto a él. Ese aliento que orilla a los mortales a hacer cosas tontas por ponerles chinita la piel y pararles los cabellos de punta. El muy bruto sacó la pistola y le disparó a Isaías en la cara como si obedeciera impulsos que no eran suyos.

El muchacho cayó muerto, en brazos de La Flaca y ella le besó los labios y las orejas como imaginaba que los enamorados debían besarse.

—Híjole —comentó otro pasajero del Metro— a este carnal ya se lo llevó la tiznada.

Los policías corrieron tratando de alcanzar al señor gordo, de bigote que había disparado, pero ya se había ido.

La Flaca parecía no darse cuenta de lo que pasaba a su alrededor, ocupada en acariciar al muchacho y repetirle cuánto lo amaba.

Isaías se fue con ella nada más porque se había enamorado de él, así porque sí.

Percance

Todos los invitados comentaron que la novia se veía radiante con la mantilla española que había sido de su abuela y el vestido blanco inspirado en un modelo de la revista *Bride*.

Bajo las notas de La Primavera de Vivaldi entró la novia a la iglesia del brazo de su padre.

En la misa Mercedes se mareó, tal vez por el intenso olor a flores que se desprendía de todos los lugares adornados del templo.

En las paredes se veían retablos dorados que resultaban excesivos aunados al terciopelo azul de los reclinatorios y al tapete rojo de los pasillos.

La novia se sentía incómoda en el calzado pequeño y la estrechez de su cintura, más esbelta que otros días, gracias a alguna prenda íntima que se empeñaba en disminuirla.

—Repite después de mí —ordenó el sacerdote— yo, Mercedes, te tomo a ti, Enrique, por esposo.

—Yo, Mercedes, te tomo a ti, Carlos, por esposo.

Por primera vez el padre de la novia oyó a su mujer decir una mala palabra.

—Qué pendeja —susurró tan bajo que apenas fue audible.

—Yo, Mercedes, te tomo a ti, Enrique, por esposo —rectificó la novia.

El resto de la ceremonia se llevó a cabo sin sobresaltos.

Los novios salieron con la Marcha Nupcial y hubo abrazos y felicitaciones. Nadie comentó, al menos con los padres, el pequeño error que Mercedes había cometido en la iglesia.

La muy tonta

En buena onda me senté con ellas, aunque no me invitaron. Eran unas rucas bastante antipáticas y un poco cuchas. Mi mamá se veía como apenada y es que pobre, tener un hijo como yo, que siempre acaba haciendo el ridículo, no debe ser fácil.

La única que me tiro buenas vibras fue la más joven, la que dijo llamarse Liz. La neta no creo que nadie se llame así. Luego yo salí con mi numerito de tirar la taza de café encima de la mesa. Liz me miró como si quisiera decirme no hay fijón. Sólo entreabrió los labios y fue ese gesto lo que me dio la clave de que debía ser tierna o algo así.

La rubia que estaba junto a ella se sonrió y a mí me cayó como patada al hígado porque de cualquier modo yo no lo había hecho a propósito. Entonces me di cuenta de que Liz tenía unos ojos misteriosos de primera, y una nariz de primera.

Llegó el mesero que limpió la mesa y mi mamá dijo que nos teníamos que ir. Mientras se despedía llegó un tipo de unos doscientos kilos y más o menos ciento veinte años de edad y no sé por qué a mí me molestó que le diera un beso a Liz. Ella se levantó para irse con él y yo me pregunté qué le vería al tipo ese.

La rubia le dijo a mi mamá las estupideces que se les dicen a las mamás cuando alguien quiere caerles bien; que su hijo ha crecido mucho y cosas así.

Liz se despidió de mí con una sonrisa, la muy tonta, como si no supiera que ella es la mujer con la que soñaré los próximos trescientos años. Se fue moviendo todo el cuerpo al caminar, como para darme chance, como para que yo inventara todo lo demás.

Simulación

Empezó a portarse como si tuviera novio cuando sus amigas lo tuvieron. Cuando se enamoró se olvidaba que su amante era casado como si fuera soltero como ella.

Consiguió tarjetas de crédito como si le alcanzara con su salario para hacer todos esos gastos.

La llevaron a la cárcel como si hubiera justicia, como si ella hubiera cometido algún delito.

Tres años

Cuando Helena cumplió tres años le hizo saber a su mamá que como regalo deseaba ser convertida en sirena.

La mujer se imaginó que su hija quería conocer el fondo de los mares y al dios Neptuno y que tal vez presentía que cuando fuera mayor llegarían marinos visitantes a quienes seduciría con sus cantos.

La madre, que le cumplía todos sus deseos le ofreció muñecas y libros para iluminar, pero tuvo que aceptar que ese regalo no podría dárselo.

Miguel ángel

La plaza de Coyoacán parece una fiesta. Se pregunta
Miguel si siempre será así pero no lo sabe. Se da una
vuelta entre los puestos que ofrecen sus mercancías a
los que pasan: Faldas de la India, abanicos de China,
artesanías mexicanas, zapatos españoles, camisetas
inglesas. Un grupo musical hace sonar algo barroco y
un vendedor de casetes deja escuchar rap.

Unos muchachos (tal vez hombre y mujer porque se abrazan) lo miran como a un bicho raro quizás
por su manera de vestir, pero, él los mira de la misma
manera; los dos llevan pelo pintado de rojo, chaquetas
negras, pantalones cortos y unas botas como de mine-
ros.

Finalmente, Miguel se anima y le pregunta a
una joven que dónde se encuentra. La mujer lo mira
como si hablara un loco y sigue, un poco más rápido
de largo.

Intenta ahora con un hombre que le parece de
confiar.

—¿Señor, podría decirme dónde estoy?

—Chale —le contesta el hombre— tú andas
hasta peor que yo.

—No, —insiste Miguel correcto— si lo que
quiero es que me diga donde me encuentro.

Miguel se da cuenta que tal vez necesita explicarse más.

—Verá usted, yo soy un ángel y he caído por descuido aquí.

El hombre se aleja silencioso y regresa en compañía de un policía. Con ellos se empiezan a juntar curiosos y cuando oyen su explicación de que es un ángel todos aconsejan al policía lo que debe hacer.

—Es un drogo, que lo entamben.

—Está borracho, déjenlo ir.

—Está loco, llévenlo a un doctor.

El policía se quita la gorra y se rasca la cabeza un buen rato.

—Jálale —le ordena después—, que el licenciado diga lo que tenemos que hacer.

Como el licenciado no está en la delegación y el ayudante, del secretario, del secretario de alguien es el que decide, después de enterarse de que Miguel no tiene apellido, ni dirección, ni teléfono, decide que pase la tarde encerrado y que ya en la noche lo dejen salir.

Miguel cuando se ve afuera se va derechito al cielo. No se atreve a volver a preguntar nada.

De una bruja

—¿Sabes cuál es la diferencia entre una hechicera y una bruja?

—Diez años de matrimonio.

Glenda sonríe. Los chistes de brujas siempre la hacen sonreír. Tal vez porque ella es una.

Tiene poderes especiales. Puede viajar por bosques alumbrados por la luna, moverse en la espesura de un lago o volar sobre el plumaje negro de un ave. Pero lo que más le gusta es visitar a las personas. Le parecen tan extrañas. Sus sentimientos se confunden con deseos y temores tanto que Glenda montada en ellos siente la emoción de subirse a la montaña rusa.

Conoció, por ejemplo, a una mujer que vendía quesadillas. Tenía dos hijos, un marido, un amante y un novio. No aceptaba que nadie la mantuviera y cuando alguna tarde se encontraba con una amiga a quien hacía confidencias le confesaba que se sentía sola.

Otra vez conoció a un viejo que hablaba siempre de sus hazañas de joven, que había sido torero y había viajado por todo el mundo. A Glenda le gustaba escucharlo, se entretenía en describir a las mujeres hermosas a las que había amado. Cuando el viejo volvió a enamorarse, sorprendió a la bruja con pensamientos secretos: antes de este amor nada valió la pena.

A Glenda también le gusta subirse al carrusel de las ferias; los sentimientos de los niños: una pequeña llora porque su mamá la regañó y otra, con más sentimiento, porque su mamá no lo hizo.

Glenda sonríe. Las personas le parecen tan extrañas e inesperadas en sus sentimientos, que asustan hasta a una bruja.

Similitud

Cuando la nave de otro planeta logró aterrizar habían recibido este mensaje:

Somos similares a ustedes en todo. Deseamos su amistad.

El presidente de las Naciones dio la orden:

—Destrúyanlos.

Desde luego la consideró la más terrible de las amenazas.

Tras un recuerdo

1975

Llegué a Santa Rosita un quince de septiembre. Lo recuerdo porque el presidente municipal gritó en la terraza del Palacio tres veces viva México como si deseara dejar, por la repetición, la fecha inscrita en mi memoria. Tres días después se inundó el pueblo y nunca volvió a ser como antes. No vi más la plaza llena de gente ni los músicos tocando en el quiosco. Como si Santa Rosita hubiera cambiado por culpa del agua que bajó del río, que la cubrió de lodo, que la mancilló llevándose a otro lugar a casi toda su gente.

Las pocas personas que quedaron son casi todas viejas, algunas mujeres y unos pocos niños.

Yo debí irme aquel año, pero, como maestro del pueblo me quedé. Aquí estoy.

1985

He encontrado entre mis papeles viejos este texto. Tal vez cuando lo escribí pensaba que era un cuento o algo así; ahora me parece más el inicio de algo que una cosa concluida.

Sin embargo, es difícil saber qué pensaba hace diez años que es cuando debo haberlo escrito. Quizás veía la vida con un romanticismo algo exagerado que se reflejaba en mis escritos. Recuerdo, sin embargo, que me gustaba hablar de la vida del campo.

1995

Me parece difícil poner como personaje central a un maestro rural, creo que de principio sería romántico y de final poco realista. Hoy en la mañana, sin ir más lejos, leí en el periódico que en Guerrero cuarenta mil alumnos de primaria están sin clases porque la mayoría de los maestros desertaron por cuestiones económicas.

En fin, no deja de parecerme una idea interesante. Un maestro que llega un quince de septiembre a un pueblo que dos días después sufre una inundación quedando el lugar, por así decirlo, como fantasma. ¿Cómo vivirían los viejos?, ¿las mujeres? Ahí cabría una historia de amor entre el maestro y alguna joven del pueblo. Los niños en Santa Rosita ¿cómo verían el futuro?

Creo que sería buena idea recuperar este texto, nada más tenga tiempo de releer a Rulfo y a Garro con sus Recuerdos del porvenir, me propongo empezar a trabajarlo.

Sabías que no ibas a llorar

Sabías que no ibas a llorar. Que con esa calma que algunos te envidian ibas a dejar la maleta en el piso y elegir con la mano derecha la llave correcta del manojo de llaves y meterla en la cerradura y empujar un poco la puerta, con la mano izquierda, como hacías siempre.

La sala se veía igual, sólo faltaba, fijándose un poco, un jarrón en la mesa de centro, regalo casi seguro de su madre-abuela. La cocina parecía ajena a todo. Había platos sucios en un tibio intento de pensar: aquí no ha pasado nada. El estudio, en cambio, estaba del todo desolado. El librero empotrado en la pared había dejado unos agujeros como huella penosa de que alguna vez estuvo ahí.

Pensaste en llamar a alguien por teléfono; tal vez sería una manera de calmar la tormenta que se agitaba dentro de ti, a Marina, por ejemplo: influyó su mamá, sabías qué te diría, sólo conozco algo peor que las madres y son las suegras.

Sobre la mesa hay una carta. Las tomas como si guardaras un pedazo de lluvia o una esperanza. Hay que pagar la renta, dice la carta, y si necesitas algo llámame, agrega con desgana y un te recuerdo con cariño que te sabe mal.

No hace frío. Debería hacerlo para que estuviera a tono con tu estado de ánimo pero hace un calor endemoniado. Debería por lo menos llover.

Cuando empezaron a salir llovía mucho y se refugiaban en cines y cafés donde tú cuidadosamente-inconsciente lo investías con tus temores-esperanzas y lo llamabas por su nombre, aunque reconocías al hombre sin nombre inventado en tus noches solitarias. Él también en aquel tiempo debió soñar con una mujer que lo salvara de una madrebuenacariñosa que en algunos momentos debía resultar difícil de soportar. Lo intentaron inventando recuerdos y momentos fragmentados en que se creyeron Felices.

Cuando Vino el naufragio te fuiste a casa de Marina. Quisiste ahorrarte el verlo recoger sus libros y doblar sus camisas y escribirte una carta para decirte que faltaba pagar la renta y ahora regresabas y abrías la puerta y veías la casa y encontrabas una carta y te sentabas en la cama y volvías a leer un Te recuerdo con cariño.

Te pones a llorar y no sabes si de tristeza porque se fue o si de culpa porque si no fueras como eres o de rabia porque cómo pudo hacerme esto o si sólo porque sí, porque eres una mujer joven que a pesar de todo conservaba la esperanza de que no pasará, de que no ibas a llorar y precisamente por eso, porque lo sabías, es que lloras.

Un pequeño cambio

—Esta mañana hablé con el Rector —señaló la mujer morena— No creo poder con lo que viene. Ayer nos reunieron a los profesores para avisarnos que cuando los muchachos se inscriban en el curso se les dará una videocasete y un folleto. Nos enseñaron su contenido en un televisor. Aparecen primero, con música estridente, unas letras color naranja: Literatura y estilo. Anuncia que su duración será de quince minutos. Luego aparece una muchacha de cabellos rubios. No se asusten, dice, aunque esto suena aburrido, nos vamos a divertir. En los primeros cinco minutos se habla de la historia de la literatura, en otros cinco del estilo del escritor y en los últimos de cómo hacer un guion para cine, radio o televisión.

—Cuando terminó el coordinador, sonriente, nos avisó que ni siquiera tendríamos que asistir a las aulas pues en el folleto se informará nuestro horario y teléfono para aclarar dudas.

—Yo no puedo imaginarlo. A mí me gusta la vida como está: dar clases, conocer a los alumnos. Pero ahora lo único que haré será sentarme junto al teléfono durante horas...pero no creo poder responderles. No es fácil que alguien tenga dudas sobre un poema del que no se habla en el casete; ¿qué quiere decir *Wordsworth* con hueste de dorados narcisos?

Fui en la mañana a la oficina del Rector. Me recibió su secretaria, me hizo esperar y llenar un formulario, en el que puse mi nombre y en asunto: renuncia. El Rector me hizo pasar unos minutos después. Me habló de su interés de continuar trabajando con los viejos profesores. Me ofreció un puesto en la biblioteca haciendo investigaciones y me aclaró que se trata tan sólo de un pequeño cambio.

—Tal vez acepte. Tal vez escriba algo sobre *Wordsworth* y una muchacha o un joven se acerquen para preguntarme y les recomiende algunos textos y cuando regresen pueda ver por un secreto escondido en su sonrisa que entendió y entonces sabré que hice bien.

> *Cuando de pronto vi una multitud*
> *una hueste de dorados narcisos.*
> *Junto al lago, bajo los árboles que aleteaban*
> *y bailaban con la brisa*
>
> *Wordsworth*

Escribió la mujer morena en una hoja de papel. Se despidió y salió a un jardín. Ya casi era de noche.

Amor fraterno

A Iris el amor entre hermanas siempre le había parecido bien. Que su hermana mediana le pagara la carrera fue lo conveniente porque la otra, de todas formas, había decidido, por problemas económicos, dejar los estudios. Se casó con el novio de la mayor porque pensó que ella como más joven debía ser protegida de los desconocidos.

No le gustó, en cambio, cuando sus hermanas le explicaron que ella, por estar casada además de ser profesionista se quedaría sin su parte de la casa, que en aras del amor fraterno le correspondía a la menor.

Principios universales

La boda de Claudia y Francisco se canceló en definitiva el día que hablaron de los principios universales.

Para Francisco la igualdad consistía en que el hombre y la mujer debían aportar dinero por igual para los gastos de la casa; libertad en que el hombre podía faltar a su casa incluso semanas sin que la esposa preguntara nada, para eso soy libre, recalcó; y fraternidad en que la mujer fraternalmente debía encargarse de todo el trabajo doméstico; el hombre tiene cosas más importantes que hacer, añadió después de pensarlo un poco.

Claudia antes de romper el compromiso lo miró de una manera especial, comprendiendo ese viejo cuento de los privilegios masculinos.

—Eres un pendejo —aseveró ella.

—Tú no me comprendes —asumió él.

Claudia sonrió levemente como si la sutileza de los argumentos le permitiera intuir de donde habían sacado los franceses la creatividad necesaria para inventar la famosa guillotina.

Un día dios se metió en mi cama

Un día dios se metió en mi cama. Yo como fui mal educada por padres católicos me quedé, sorprendida y le dije: Pero dios, me habían dicho que eras casto. Castos los castores, dijo él y, como rio supe que era un chiste. A mí me gustó que riera; los hombres que se portan serios en la cama suelen ser malos amantes, aunque el chiste no me pareció muy bueno.

Me contó que en el cielo suele aburrirse de todas las quejas de los hombres, de los problemas administrativos que tienen a menudo y de lo solemne de los ministros; por eso a veces viene a la Tierra. Me preguntó de mí y de mis amigos; le conté por ejemplo de Leonora que se ríe cuando escucha la palabra chilindrina sólo porque le parece gracioso como suena. Le hablé, también de que la noche anterior había ido a un concierto de estudiantes que tocaban el acordeón y cómo la Marcha de Aída cayó en forma de confeti, tan fragmentada y falta de solemnidad como eso, sobre un público que por sus buenas intenciones aplaudió con el mismo entusiasmo con que hubiese aplaudido a Verdi personificado.

Me preguntó si me importaba que preparara la cena. Le dije que no, pero que sólo había huevos y machaca. No pareció importarle mucho.

Mientras él preparaba la cena, cantando algo que parecía italiano (pero como era dios supuse que sería latín) arreglé, la cama y recogí el cuarto, después fui con él y preparé café. Cenamos huevos con machaca y galletas porque no había pan.

Durante la cena hablamos mucho. Me contó que San Pedro es un necio y San Pablo un exagerado. Después nos sentamos juntos y le pregunté si quería oír música. Me dijo que sí pero cuando vio mis discos tuvo que admitir que no conocía mucho de música moderna. Escuchamos un disco de Cat Stevens.

Cuando terminó el disco, me preguntó si quería hacer el amor con él. Le dije que sí que me parecía muy simpático.

Entramos en la habitación, de pronto me sentí cohibida y, él también, ya no supimos qué decir; me gustaba mucho él, sus manos grandes, su nariz de judío, su pelo corto (contra lo que dicen las estampas él en su corte de cabello es conservador). Me gustaba que estuviera cohibido y al mismo tiempo que no dudara de lo que ya había decidido.

Miré sus ojos, pude ver como desparramaba la soledad amontonada durante siglos, entonces tomó mi mano y la besó con deseo (de su parte y de la mía). Apagó las luces, nos desvestimos, descubrimos poco a poco nuestros cuerpos y los presentimientos pasaron a ser sentimientos.

Cuando terminamos dijo algo bonito, ya no me acuerdo qué y se quedó dormido. Yo me sentía muy bien; me gustaba que estuviera ahí, sentir su sonrisa, que hubiera llegado así de repente. Todo resultaba tan bonito que sentí una emoción muy cálida que se cristalizaba en forma de lágrimas. Despertó entonces y viéndome llorar se preocupó: ¿Qué pasa, algo anda mal? No, nada, le dije. Me secó las lágrimas y me acarició el cabello.

Por la mañana nos despertamos tarde, aunque yo no me apuré, pues aquel día no trabajaba y supuse que él tampoco. Fuimos a desayunar a una cafetería. Más tarde, nos despedimos como buenos amigos.

Marta

Para María Josefa Erreguerena

Marta adquirió prestigio el día que le dijo a la directora chingue a su padre, y hubo un revuelo de risas y murmullos y está usted expulsada y me harán un favor contestó, y le avisaron a su papá y al día siguiente en el vestíbulo de vitrales amarillos, ante la mirada de una virgen, que parecía estar deseosa de conocer varón, como dice la biblia, se presentó el padre y le explicó que era el último año que se portara bien porque él no quería problemas y se quedó castigada y yo la empecé a conocer ahí en el aula, durante el descanso, cuando todas salían menos nosotras, que veíamos por la ventana aquel patio que parecía el sueño de un rey con mujeres, todas vestidas de azul y oliendo a virginidad, como si estuvieran en un establo, decía Marta, porque son como vacas y a ti ¿por qué te castigaron?, me preguntó, porque me encontraron un papel, le dije yo; ojalá la mis Lurdes se pudra en el infierno, qué pendeja, me dijo y dijo lo mismo cuando una güerita de segundo salió gritando del baño, madre, me voy a morir, porque se había visto sangre entre las piernas y no sabía de la menstruación, que, pendeja volvió a decir Marta y a mí me encantó su manera de hablar y nos hicimos amigas y ella me dijo, en este colegio de mierda todas son lesbianas y me contaba sus cosas, que una noche la mis Carmen se le había presentado en bragas y se le había metido en la cama, que se largue carajo, le dijo ella y la mis Carmen insistiendo con sus senos y sus nalgas ahí, que se largue, le dijo que si no prendo la luz y le hago un escándalo y se fue la mis muy seria y refunfuñando quién sabe qué y por eso me tiene rabia, juraba Marta y en las vacaciones yo tengo un novio que se llama Sófocles y hacemos todo, porque con él me quité de esa madre que llaman virginidad y que si un día vienes a mi casa lo vas a conocer y me enseñaba secretos de mujer, que mira te sientas así y como por descuido la falda sube y tú que cruzas la pierna, no así no carajo que pareces monja, mejor así piensa en cualquier puta de *Holigud* y ya está y me aseguró que yo tendría suerte en la vida porque hay dos tipos de mujeres, me dijo, las que están para joderse y las que estamos para disfrutar como tú y yo, carajo, y por ahí entre las tardes de castigo y los vitrales amarillos con vírgenes entre azucenas yo aprendía que si te quedas virgen después de los veinte te vuelves vaca, juraba Marta y llegó el fin de año y nos emborrachamos la última noche en el colegio, por irnos de este establo de mierda decía Marta y en el fondo un poco también por no estar tristes, carajo, porque sabíamos que no nos volveríamos a ver.

La pista

Mi madre es, como casi todas las madres una santa mujer. Cuando se casó con mi padre le juró su virginidad; al año nací yo. Al cumplir siete años vi que se aficionó a la música con un maestro llamado Epifanio. Cuando cumplí ocho nació mi hermano Miguel con sorprendentes dotes musicales. Cuando tenía nueve mi madre se dedicó a la pintura con un maestro de abundante barba que se decía sueco; al año nació José, sonrosado y rubio. A los once me sorprendió dedicándose al deporte, se vestía de blanco e iba a jugar con David, un guapo vecino, socio de un elegante club. No me sorprendió ya cuando se dedicó a la pesca de caracoles con un tal Luis, ni cuando coleccionó artesanías que buscaba incansable en pueblos perdidos con un antropólogo llamado Marcos. Cuando cumplí quince me fui a vivir a otra ciudad y le perdí la pista. creo que ahora vive retirada, con mi padre.

Desde aquel noviembre

Desde aquel noviembre ya habíamos perdido la esperanza. Nos sentábamos en cualquier cafetería como esperando que pasara algo y, sin embargo, sabíamos que nada podía pasar, que a eso de las cuatro llegaría Felipe con su esposa Laura, que se sentarían con nosotros y tomarían café, que ya de noche iríamos a la fiesta de algún venezolano y que allí cualquiera de nosotros, un poco borracho, se pondría a hablar de la incomprensión de su familia.

Nadie sentía lástima. Manuel pasaba el tiempo con los ojos brillantes y hablando como en poesía de la dama blanca, yo fumaba marihuana y algunas noches hacía el amor. Todos los hombres se parecían demasiado; usaban cabello largo y suéteres de cuello alto. Las mujeres también éramos iguales: con pantalones vaqueros y poco maquillaje.

Hablábamos de Patty Hearst, nos entreteníamos en ver cómo era raptada o encontrada por la policía en San Francisco, después sin más que decir nos quedábamos viendo a los extranjeros que tampoco tenían más que decir en otras mesas de café, y un grito se quedaba a vivir con nosotros e inventábamos la palabra silencio para nombrarlo.

Hacía frío y el sol se sentaba en cualquier banqueta como cantando despacito alguna tonada mexicana, no obstante, nadie hablaba de México. Ni siquiera estando borrachos nos atrevíamos a decir que queríamos regresar. México siempre estaba demasiado lejos, demasiado perdido en los recuerdos de Acapulco y Cuernavaca donde había un clan, en que quizás alguien se llamaba padre o madre. Hacía frío y Laura, a veces, hacía un comentario: yo fui edecán. La imaginábamos con su vestido a rayas repartiendo respuestas aprendidas en Suiza.

Laura, sin embargo, ya no era aquella Laura de la Olimpiada, cada vez se parecía más a cualquier cosa que su marido dejaba encima de una silla. Veíamos indiferentes cómo iba perdiendo sus facciones para adquirir las de él, sus gestos, sus palabras, sus gustos, diluyéndose en la esperanza de un Felipe moribundo.

Felipe se suicidaba a sorbos en espera de ese momento radical y definitivo, dejándolo entrever como si esa muerte en un hotel de tercera fuera irremediable. Felipe no decía nada y los demás tampoco.

Alguien nos definió, en aquel tiempo, como niños asustados, pero ya no teníamos esa excusa porque por las noches jugábamos a ser adultos. Yo a veces en la cama de Manuel me llamaba Mari y en la de Felipe, Laura; ellos tampoco podían recordar un nombre que siempre fuera el mismo.

Encontraron muerto a Felipe y alguien dijo que estaba borracho cuando se suicidó; nosotros supimos que fue su único momento de lucidez. Dejó una nota con la palabra mierda.

Queridísimo Alfonso

Tú sabes queridísimo Alfonso que yo no te maté. Nuestro matrimonio desde el principio fue bien y hasta nuestros amigos decían que éramos la pareja ideal. Tú siempre tan propio Alfonso y yo siempre tan mona. Hasta la luna de miel fue aburrida contigo; el amor lo hacíamos por compromiso. Pero total, regresamos a una casita regalo de mis papás y a los tres meses empezaste a cansarte de tu papel de maridito y yo te comprendí porque yo también me cansé, de mi papel de esposita enamorada y volví con Luis que se sentía muy contento de que yo tuviera un marido rico porque así nos podíamos divertir más y tú volviste con la mujer que tu prima me contó y tus otras aventuras, pero por mí ni en cuenta. Todo iba bien y por eso digo ¿qué necesidad tenías de meterte con Margarita? Porque tú sabías muy bien que es una muchacha de pueblo y que cuando la fuimos a traer de su tierra su papá nos la encargó mucho y la mamá lloraba y tú portándote tan serio, tan de confiar, pero bueno, ni modo. Lo hecho, hecho está, porque mira lo mismo pensé el lunes aquel, porque tú te acuerdas de que era un lunes ¿no es cierto? Yo me había levantado temprano porque tenía que ir a mi clase de francés y tú ya estabas desayunando. Margarita te preparó un licuado como todas las mañanas (esa noche yo te había oído bajar al cuarto de Margarita, lo que ya era frecuente) y yo no desayuno, porque mejor desayuno en la academia y chao mi amor y chao dijiste y cuando regresé, estabas tirado en la cama más muerto que un santo Cristo en la cruz y no entendí que, había pasado y llamé, al médico. Yo sé que es tonto llamar a un médico para que vea a un muerto, pero en ese momento no se me ocurrió otra cosa y vi a Margarita llorando y me dijo no me acuse señora, el señor ya no tenía remedio. Eso de que ya no tenías remedio yo ya lo sabía pero me intrigó cómo te había matado, qué le diste, le pregunté, raticida en el licuado, me dijo. Pobre Alfonso. Así que fuiste a morir como una rata. De veras lo sentí, pero pensé que por otro lado no valía la pena echarle a perder la vida a Margarita, tan joven y servicial, así que nos pusimos de acuerdo y cuando llegó el médico le dijimos que tú habías preparado el licuado y que la muchacha estaba lavando y que no escuchó nada y yo en la academia. Total, que como, además, eras medio loco y andabas diciendo que te ibas a suicidar nadie dudó de nosotras.

No sabes que bien se han portado, hasta el del seguro pareció conmoverse de una viuda tan joven y Luis también dijo que era una lástima porque hasta te había tomado simpatía. Eso es todo. Nada más vine a saludarte y para que no me guardes rencor. Que sepas que yo, queridísimo Alfonso, no te maté.

Una bomba con treinta minutos para estallar

4:00 Me cae que en esta casa parecemos ingleses, pienso cuando veo que a las cuatro en punto se sienta mi padre y mi hermano a jugar la partida diaria de dominó. Sale la mula de seises, escucho mientras voy a mi cuarto. Me veo caminar en el espejo y pienso en la cara que tendré, cuando, dentro de treinta minutos, baje aparentando la mayor tranquilidad y les diga: Ya no voy a vivir con ustedes. Elegí las cuatro y media porque es la hora en que mi hermano se va a trabajar, mi madre llegará a la sala con una taza de café, y la pondrá frente a mi padre que en ese momento termina de guardar las fichas de dominó. Ya no voy a vivir con ustedes. Desde luego, entonces pueden pasar varias cosas. La primera, que mi madre diga no juegues con esas cosas porque no lo crea posible, eso no sería tan malo, no habría escenas sino cuando se den cuenta que ya no vengo a dormir, suena raro pensar que esta ya no será mi casa. La segunda, que mi padre me pregunte, de qué vas a vivir y le recuerde que tengo beca y con una sonrisa me diga que con esa cantidad nadie vive.

4:10 Voy hasta el buró, encuentro los cigarros y prendo uno. Lo he imaginado mil veces y no termino de verlo como real.

4:15 Ahorcado el cinco doble. Mi madre debe de estar en la cocina. Si mi madre me cree capaz, entonces va a preguntarme que a dónde voy, con una última esperanza de que me vaya a casa de una amiga o algo así y cuando le diga que ya tomé, un departamento en la colonia Roma va a hacer gala de su buena educación. Casi puedo oírla diciendo algo sin venir a cuento sobre el honor y que una señorita el día de su boda debe salir de casa de sus padres. Cierre al seis uno, ahorcada mula de seises. Claro que siempre queda la posibilidad de que mi padre trate de darme un bofetón, pero no creo que sea tan pendejo. Me doblo a cuatros. Prendo otro cigarro y voy a la recámara de mis padres. Desde ahí podré ver cuando se vaya mi hermano. Es mejor que cuando lo diga no esté él. Seguro que ese chavo para nada va a ser una ayuda, él anda muy metido en el rol del *establishment* y se lo va a tomar muy a pecho (en calidad de futuro patriarca va a sentir amenazados los sagrados valores familiares). Ahora me doy cuenta de que a pesar de haber vivido tantos años bajo el mismo techo somos unos desconocidos y nos tenemos bien poco afecto.

4:20 Sale seis cinco. Desde el sillón en que me siento veo la cama matrimonial con un crucifijo de cabecera y una foto de los cuatro abuelos. A cualquiera se le ocurre poner la foto aquí. ¿Cómo harán el amor? Me cae que yo no podría entre crucifijo, suegros y padres. Pero ellos seguro que tienen mejores razones que esas para no hacerlo, atrás de esa apariencia de matrimonio feliz debe haber demasiadas cosas que ocultar ¿habrá odio? Quién sabe, en la cena de Navidad, por ejemplo, algo muy parecido se dejó sentir, pero nada concreto, mi madre a punto de llorar (pero sin llorar claro), mi padre gritando un poco más fuerte que de costumbre, supongo que hubo algún lío con la querida de mi padre.

4:25 Les voy a decir que a partir de mañana me voy y de seguro van a sacar esa vieja historia de que siendo como soy no me voy a casar nunca y de que la mujer debería... a lo mejor mi padre toma un tono paternal y mi madre llora y me dicen que ellos sólo buscan mi bien, entonces yo me voy a sentir jodidamente culpable, y que lo mejor para una muchacha joven como yo es casarse, y yo me voy a encabronar ante la posibilidad de tener una familia tan linda como esta. Lo que sí es seguro es que a partir de mañana yo y mis veintiún años no vamos a vivir aquí.

4:30 Bueno, dice mi hermano, la revancha me la das mañana. Cuando pase todo esto me voy a poner un cuete poca madre. Oigo como sale y llega mi madre a la sala con la taza de café. Tengo las manos sudando, me muero de miedo; bajo las escaleras, me siento en la mesa junto a mi padre que recoge las fichas de dominó, mi madre agita el café. Desde mañana ya no voy a vivir con ustedes, escucho, un poco sorprendida, mi propia voz.

Caminar al revés

María Estela empezó a sentir como caminaba al revés. Es el mundo de Alicia, pensó y se quedó parada para no dejarse caer tontamente en el abismo de la oscuridad. Vio venir a un personaje cojo y le preguntó ¿quién es usted?, ye sui le ami, contestó él como si ella supiera hablar francés. Usted parece demonio, comentó el hombrecito y se inundó de una carcajada que lo alejó con paso tambaleante. Estela vio a María sentada frente a ella y la saludó: ¿Qué hay?, no le contestó, ocupada como estaba entrando por puertas pequeñas que la llevaron a una estepa glacial donde empezó a sentir el frío treparse en su piel hasta instalarse en los senos y hacerlos doler. ¿Por qué fui mujer?, preguntó María y Estela se encogió de hombros como fingiendo no tener la culpa. Alguien afuera de la estepa hablaba de Kafka y ella no quiso escuchar. Se levantó y prendió el radio. Era Beethoven. Volvió a acostarse. Seguía haciendo un frío doloroso que se le pegaba a los senos, sin piedad, pero ahora el paisaje era más cálido, había un hombre con peluca blanca. Es Beethoven, señaló María y Estela supo que tenía razón. ¿Por qué escribe música?, le gritó. Porque me gusta soñar y estaba también Baudelaire ¿y usted por qué, hace poesía?, porque ya dejé, de soñar, comentó el poeta. Alguien cambió la música y María Estela pensó que no era motivo suficiente para abrir los ojos. Por las paredes caían guirnaldas de flores y la música sabía a miel y a piel de hombre amoroso. La voz de alguien lo pintaba todo de verde. Estela se dejaba ir y María le aconsejó: aléjate ya no hay nada que podamos hacer. El cielo también tiene círculos, comentó Dante, pero estamos en el infierno, recordó Beatriz desde su puesto de mujer amada. Había una niña sentada en el suelo. ¿Cómo empezó todo?, preguntó y Estela sintió piedad de quien todavía se pregunta por el principio. María la mandó al carajo; yo soy una mujer dura, pensó. Había un juicio. Estela no podía recordar si la acusaban de su dureza o de ser mujer. Vio a María entre los jueces y se sintió apenada por ella. Por favor cambien la música, ordenó a otros jueces que los jueces del juicio que vivía. Alguien le hizo caso y entró Bach. Bach era piadoso. Es inocente, señaló y la tomó de la mano llevándola hasta un lugar lleno de mujeres deshechas y de hombres sangrantes. Ahora eres libre, comentó él, y María Estela no supo qué hacer con su libertad. Tengo frío, dijo, alguien le puso una manta y ella se cubrió la cabeza. Era una cueva llena de murciélagos y lagartos. En el fondo había un hombre delgadísimo, lo reconoció cuando se acercó a él: Don Quijote lloraba. Estoy solo, susurró, y Estela sintió lástima, quiso tocarlo, pero no pudo porque los separaba una inmensa pared de polvo dorado que se perdía en las estrellas. Había un reflejo de luna y una sonata de fuego que olía a arpas y a duendes de un bosque invadido de aquelarres. Soy joven, dijo ella, como si temiera olvidarlo y vio resbalar la triste sonrisa de Rip Van Vinkle después de sus muchos años de sueño. Soy joven, repitió Estela y sintió la mano de María sobre su hombro en un desesperado gesto de solidaridad. Hubiera querido prender un cigarro, pero tuvo miedo de alejarse con el humo y no encontrar el camino de regreso. Siempre es duro el camino de regreso comentó y empezó a caminar entre el frío intenso y el miedo de morirse, sabiendo que ahí estaba la verdadera sentencia de los jueces. Abrió los ojos y fue al espejo. Se reconoció y su reflejo fue más ella misma que ella misma. María se reía, Estela lloraba, sin llegar a un acuerdo sobre lo que ella debía de sentir. Vio salir a alguien del cuarto y sintió miedo de ver la verdad, pero, qué es la verdad preguntó Sócrates desde atrás de su copa de cicuta, el carajo, comentó Estela y todos se rieron de la muerte inminente del filósofo. María Estela se acostó tratando de dormir. Ya sé lo que es filmar con Fellini, se dijo y fue recorriendo Roma entre payasos y estrellas. Empezó a sentir los párpados pesados mientras María le recriminaba que hubiera comido hongos. Estela seguía llorando en un campo de rosas silvestres recordando su escuela y su trabajo, sabiendo que de eso no valía la pena recordar nada. María y Estela sintieron un odio profundo por la rutina y por primera vez en toda la noche ambas quisieron regresar a la puerta dorada que en el mundo de Alicia era la entrada de un río que llegaba a Mozart,

un Mozart suave y tierno, especulador y arbitrario que
tal vez, pensó María Estela, comprendería algo de
todo lo que estaba sucediendo.

¿*Recuerdas Teresa?*

¿Recuerdas Teresa que llegaste un sábado por la mañana? Nuestros padres no estaban en casa y yo vi como la capa de humo negro (tú me decías que era miedo) emblanquecía hasta hacerse transparente. Me acompañaste al mercado. De regreso ayudamos a mamá a preparar la comida, mientras nos contabas riendo de alguna noticia en el periódico y te enterabas de que la prima Rosa ya tiene novio y mamá dice que es muy pobre y yo no sé por qué no lo veo mal.

Después de comer, con migas de pan sobre el mantel y la cocina llena de trates sucios: vengo a avisarles que van a tener un nieto, y la casa se llenó de un silencio pegajoso y turbio. Mi madre buscaba entre sus personajes de la televisión, archivados pacientemente durante años, una tarjeta para colocarte, ¿la mujer abandonada?, y te veía beber tranquilamente tu café, sabiendo que no. ¿La víctima de un hombre casado? Tal vez, pensé, tal vez. Papá dijo algo así como ¿el padre qué, dice, está de acuerdo? Vivimos juntos desde hace algunos meses y pensamos que nuestra relación no debe cambiar, terminaste de decir, antes de tomar otro sorbo de café. Por la casa llovía (no afuera, solo adentro) y nos mojaba de asombro y no sabíamos si creerte o no. Lo espero para diciembre. Sacamos cuentas y llevabas dos meses. Pero no hablamos más: de todas maneras, harás lo que te venga en gana. Y tú y yo nos fuimos a mi cuarto.

¿Tienes miedo Teresa?, y el miedo era mío, rebotando entre los estantes de libros (llenos de muñecas), porque sabía que ese humo negro era lo que me detenía en casa, y por eso, yo en tu lugar, me hubiera casado.

Sí, hermanita, me miraste como a un cómplice, todas las mujeres tenemos miedo y es lo que suele atraparnos en el altar y en la cama, y te sentaste con seriedad. ¿Tú te masturbas? Querías cambiar el tema y te reíste de mi asombro por la pregunta. Vamos, te ayudo a recoger la cocina. La casa se empezó a hacer grande y los trastes parecieron multiplicarse; ¿no te aburres?, y se rompió el aburrimiento hasta salpicarte a ti misma Teresa, con tus preguntas inesperadas. ¿Vamos al cine?

La calle sabía a naranjas y a vino porque te sentía a ti como un atreverse a caminar por un muelle lleno de historias. Hacía calor y la tarde se entretenía en las cosas más impredecibles, como una feria o un circo.

Cuando regresamos, por la noche, mi padre sentado en la sala: ¿Por qué no te casas, aunque sea por el niño? No lo hacías, después lo supe, porque no creías en el matrimonio. No aceptabas tener un hijo de un contrato. No soy una mercancía, le dijiste a papá, y no entendió. Mi madre lloraba. Estás loca Teresa, te dijeron, y tú supiste que explicarles cualquier cosa hubiera sido inútil.

Mercedes

Al entrar, Mercedes, tenías algo más que tu cansancio y tu apresuramiento por hablar. Víctor puso a Mozart para parecer culto mientras Lupe y Toño prendían la chimenea. Cuando terminaste de forjar, se sentaron haciendo un círculo que llega hasta un pequeño punto del cenicero. Mozart sobraba, o tal vez no nada más él sino todos, pero Mozart salió y los demás se quedaron y Víctor puso a los chingones de Stones the Crows y tú te encerraste en un rincón sin paredes, rodeada por un sax algo pegajoso y molesto. Lo importante del 68, dice Víctor, no es lo que pasó el dos sino el tres de octubre. Sientes como las palabras rompen a las palabras y sostienes a Stones the Crows entre los dedos para que no se rompan también. Lo malo es que no pasó nada, sigue Víctor con su aureola de intelectual. El sax pinta el cuarto de amarillo hasta que todo se vuelve un explosivo a punto de estallar y sales al jardín, Mercedes-lectora de misterios, porque adivinas que, en la tierra bajo tus pies, hay un mundo oscuro donde habitan murciélagos y lagartos en grutas infinitas que te hacen tener ganas de llorar. Quisieras poder estar tranquila y guardarte un pedazo de noche para saborearlo a solas. De adentro sale un círculo de palabras en inglés y Víctor tras un pedazo de luz, ¿toquecín maestra?, es de la buena. Esa mota tiene un olor predestinado a secretos que de saberse lo cambiarían todo. Vamos adentro hace frío y entras Mercedes con un bajo que te hace recordar guerras de Vietnam y mundos extraños de LSD y hongos. ¿Tú le has llegado a los hongos?, y vuelves a oír esa vieja historia de Víctor-repetidor incansable de un viaje (ya huele a moho) de purificación y cómo acabó, si es que terminó, en el Metro de Insurgentes, con un ejército de barrenderos, de Fellini maestra, porque ellos limpian la ciudad en la madrugada sin que nadie los vea.

Lupe-Toño hablan de las nuevas sensaciones. Es el buen rollo me cae, es como despertar de un sueño (si quieres seguir vivo ten mucho cuidado, dice la canción) y hablan de Timoty Leary y María Sabina, los nuevos héroes de la chingada, dices tú y todos se ríen.

Te clavas en un póster de colores y tú Mercedes-recordadora los ves cuando, *let it be*, andabas en hongos (espirales verdes y azules). Alice Cooper entra invitado por Lupe cuando tú sabes que el cielo sí puede caerte encima, a pedazos, sin ningún motivo. Toño apaga la luz, fajecísimo maestra, pero no quieres sentir a Víctor-pulpo y te vas a la cocina a preparar algo de comer. Lupe-Toño, piensas, inventan una canción menos importante que la de Cooper. Mientras haces el espagueti no sabes por qué, te imaginas la historia de una mujer que se prostituye. Miras a Víctor acostado sintiendo la música. Buena onda de chavo. Por la ventana se ven árboles y vuelves a pensar en esas grutas oscuras y pobladas de seres deseosos de subir a este, tu mundo, porque creen que es mejor, qué pendejos, piensas. Vénganse ya está la cena y la luz se hizo y sobres maestrínes qué buena onda. Toño-Víctor compañeros de recuerdos espantan con sus risas, a los lagartos que ya estaban subiendo. Alice Cooper sigue cantando (no es tiempo de hacer cambios, ¿por qué no te quedas aquí para siempre?). Después de cenar Víctor-tú bailan. Ves el humo de la chimenea manchando el cielo de un gris violeta por lo oscuro. No puedes olvidarte de las grutas. Lupe hace café, y huele a hogar, no te azotes maestra, y tú Mercedes-niña te refugias en Víctor-hombre, aunque sabes que él no podrá salvarte.

La remota esperanza

No es suficiente odiar tu ausencia para saber que no estás aquí. El día es una angustia que se me sube hasta el cuello y juega como si ese fuera un lugar cómodo. Un cansancio que se recuesta en mis párpados bosteza. Siempre que te vas sucede lo mismo; escucho un rato mis quejas de mujer sola, a ratos abandonada y después lloro, sin saberlo seguro, porque la oscuridad se me cuela entre las sábanas y una locura triste se balancea en la mecedora. La lluvia toca el vidrio como si quisiera entrar. Tú no estás, te fuiste hace tiempo en un barco que partió para Oriente. No pude hacer que te quedaras. Una mujer no puede aportar mucho más que sus sueños a la vida de un hombre. Con un hombre pasa lo mismo. Te dejé, en tu mundo de caracolas celestes para vagabundear por puertos estivales. Deben haber envejecido esos deseos de regalar estrellas y soles, de inventar unicornios y sirenas, enmoheciéndose hasta llamarse tranquilidad. Recuerdo que hubo tormentas. ¿Recuerdas tú la noche del aquelarre en el parque? ¿Cómo tus manos sujetaban mi angustia y la hacían morir? Yo, en venganza, era cruel con tu miedo. Después de la tormenta hubo calma. Me llamaste linda, te llamé, amor y te besé. ¿Y si volvieras? Si volvieras con tu portafolio negro y te sentaras en el sillón junto a la lámpara y leyeras como todas las noches. Cenaríamos juntos y después saldríamos a caminar. Escucharíamos nuestros pasos y ya de regreso, tal vez juntos, nos reiríamos de algo. Pero es mentira. Si volvieras me reprocharías el haberte abandonado. Te recordaría yo que me dejaste tú tal vez por otra mujer (me dirías tú que no, que esos son celos absurdos) y yo terminaría por llorar. No llores me dirías tú y los dos nos quedaríamos callados inventando casi sin querer, un escenario de amor. ¿Qué te has hecho?, preguntaría yo para hablar de algo y tú traerías noticias de un mundo profano y herético. Sin venir aparentemente al caso me preguntarías que si ando con alguien (no me creerás si te digo que no). Pondrías mala cara y dirías que ya te vas, que estás cansado. Los dos sabremos entonces que te vas a quedar, que vas a descubrir una fábula que yo no inventé para ti, ni tú para mí. Es mejor que te vayas diré yo alimentando al dragón que no supo cuidar de la princesa. Sí, es mejor que me vaya, dirás tú e inventaremos los silencios necesarios para quedarnos. Me he sentido solo, dirá alguno de los dos y el otro comprenderá. ¿Por qué no te quedas hasta mañana? (tal vez sea de noche y esté lloviendo), y te quedarás desnudo y solitario en la cama de una mujer igualmente desnuda y solitaria y ¿si volvemos?, nos atreveremos a decir ya por el amanecer e inventaremos un futuro fantasma, pero a esa hora ya no importar porque cuando finjamos dormir y las

manchas en la pared inventen esperanzas, habremos
de pensar que el mañana no importa, que una noche
siempre es al fin y al cabo una noche menos.

~ 194 ~

Nikos

¿Tú crees que todas las mujeres somos putas?, pero Nikos no me oye, prendo un cigarro y aspiro el humo. Estamos en la azotea y desde aquí pueden verse los tinacos mezclados con reflejos de luces y ropa tendida. Repito la pregunta: Nikos, ¿tú crees que todas las mujeres somos putas? Sonríe, no solo las mujeres, también los hombres, todos llevamos una puta dentro, lo único que cambia es el precio, los más pobres se venden por dinero, otros por compañía, por miedo... veo que la luz en la habitación de mis padres se apaga. Hoy es viernes y los viernes hacen el amor.

Me imagino a mi madre pierniabierta y sudorosa y a mi padre agitado y torpe. ¿Por qué lo preguntas? Por nada, cuando mi papá llega borracho lo dice, por eso. Tu viejo, asegura Nikos, está loco. Nikos es un filósofo, por eso entiende a las mujeres. ¿Por qué no me hablas de Grecia?, le pido y , me cuenta que la isla parece una muchacha enamorada con sus calles empedradas y su mar alegre y salado. Hace frío. ¿Bajamos? Vamos a su cuarto, un lugar inventado por la magia de alguien. Nos desvestimos. ¿De verdad eres griego? Ante cualquier duda nótese la nariz, bromea él y yo me río. Usted qué dice. Siempre que me ve desnuda me habla de usted, dice que porque no se le debe hablar de otra manera a una mujer dispuesta a hacer el amor.

Nos metemos en la cama; a él le gusta que estemos abrazados y juntos, ¿leemos?, Nikos lee a Dafnis y Cloe, una historia de amor muy antigua de su país, las palabras casi nos separan, pero nuestras pieles se juntan y yo busco su soledad con la palma de mi mano, dibujo su cuerpo hasta que él deja el libro y encuentra mi historia perdida a ratos en su piel. Nos separamos; él, se va por un camino alegre que llega a una isla desierta donde estoy yo. Yo, me voy por un mar profundo y transparente hasta que aparece él. Al oído me susurra un recuerdo de Borges: ¿Qué importa que no llamemos a la rosa, rosa? La rosa sigue siendo rosa.

Nos quedamos tranquilos, no queda sueño que inventar ni recuerdo que construir, todo parece edificado ya. Me duermo y cuando despierto es tarde. Me levanto y me visto. Ya me voy Nikos, le digo y ,sin abrir los ojos: Piense en mi brujita, me dice. Sí, griego, claro que pensaré.

Las escaleras están oscuras y mi madre espera con su bata bermellón en la cocina. ¿Por qué tan tarde? Me entretuve en casa de Eugenia, le miento. Está de mal humor, toma del armario una botellita con pastillas para los nervios. Tomaré una antes de dormir, me dice, como si después de tomarlas durante años necesitara dar alguna explicación. Sale y se vuelve vieja, viejísima, como si le pesaran demasiado todos esos viernes en que mi padre llega borracho y hacen el amor. No olvides apagar la luz, me recuerda antes de desaparecer y yo la apago y camino por un pasillo con una historia más que sabida de memoria.

Antes de dormir pienso en Nikos, ojalá nunca más fuera viernes por la noche, lo veo venir por su ciudad griega y llegar hasta la azotea donde yo tengo que inventarlo para no oír a mi padre cantando en la escalera y a mi madre ayudándolo a entrar.

Nota

Hace 45 años vi publicado mi primer cuento *Un día dios se metió en mi cama* y desde entonces las historias se han entrelazado a través de estas décadas en varios libros de cuentos, novelas y obras de teatro. Les comparto esta antología para festejar con ustedes la travesía de mi escritura, el esfuerzo y la resistencia para mantener el sentido del humor en la dificultad de sortear el difícil camino de la literatura.

Presento esta selección de cuentos también con la idea de hacerlos más accesibles ya que las ediciones anteriores están agotadas por lo que son difíciles de conseguir y el internet permite que estén disponibles.

Incluyo en esta selección los cuentos contenidos en cuatro libros que menciono a continuación. No incluyo los textos de "Generación Marlboro" porque se publicaron recientemente digitales.

Los cuentos que aparecen en la antología fueron tomados de los libros:

Un día dios se metió en mi cama: María Luisa Erreguerena Albaitero. (1977 y 1994). La máquina de escribir. Ciudad de México.

Nuevos vientos: María Luisa Erreguerena Albaitero. (1995). Asbe editorial, EMG Dragón. Ciudad de México.

Lo que fue de mí: María Luisa Erreguerena Albaitero. (1996). Asbe editorial. Ciudad de México.

Un poco de alma: María Luisa Erreguerena Albaitero. (2002). Ediciones del ermitaño. Ciudad de México.

Así que festejo con ustedes mis 45 años como escritora con esta antología deseando que disfruten estos cuentos tanto como yo me divertí escribiéndolos.

María Luisa Erreguerena Albaitero
noviembre 2022

María Luisa Erreguerena Albaitero

Nació en la Ciudad de México. Cursó el diplomado en la Sociedad General de Escritores de México (1993) y el Programa de Escritura Creativa en la Universidad del Claustro de Sor Juana (2014).

Se inició como cuentista en el taller de Punto de Partida de la UNAM, coordinado por Miguel Donoso Pareja y durante los años 2003 y 2004 asistió al taller de dramaturgia con el maestro Hugo Argüelles.

Recibió el Premio Nacional de Cuento de Ciencia Ficción y Fantasía, que otorga el estado de Puebla en 2008 y la Beca Juan Grijalbo de la Cámara de la Industria Editorial en 1994.

Ha publicado libros de cuentos: La mañana de un día difícil y Cuentos de amores extraños (Arcolibros, Madrid, España, 2005 y 2004), Un poco de alma (El ermitaño, Solar Ediciones, 2002, México), Las sirenas de San Juan (Ediciones Mixcóatl, 1998, México), Un día dios se metió en mi cama (La máquina de escribir 1977 y 1994 México).

Tambien publicó novelas: No murmuren demasiado (Kindle, 2016, México), Precursores (ASBE Editorial, 1996, México, y reeditada en Sísifo ediciones. Literaria Biblioteca, 2007, México), Memorias de una bruja que nunca estuvo en París (Instituto Politécnico Nacional, 2003, México. Reediciones 2005, 2007 y 2011).